Diogenes Taschenbuch 22459

de
te
be

Georges Simenon

Die verschwundene Tochter

Roman

Deutsch von
Renate Heimbucher

Diogenes

Titel der Originalausgabe:
›La disparition d'Odile‹

Eine erste deutsche Übersetzung erschien 1973
unter dem Titel ›Keine Spur von Odile‹
Umschlagfoto von
Wilfried Bauer

Neuübersetzung

100/92/24/1
ISBN 3 257 22459 1

I

Bob war wie üblich um sieben Uhr aufgestanden. Er brauchte keinen Wecker. Außer ihm gab es noch jemanden im Haus, dessen Tagesablauf mit Uhrwerksgenauigkeit geregelt war.

Sein Vater, der noch früher aufstand als er, hatte um diese Zeit seine Toilette beendet und trank sicher gerade seine riesige Tasse Kaffee, die sein Frühstück darstellte, bevor er sich zu seinem Morgenspaziergang aufmachte.

Als Bob die Vorhänge aufzog, fiel grell das Sonnenlicht ins Zimmer, und die leuchtende Scheibe, die je nach Jahreszeit ihren Platz wechselte, zitterte auf dem Spiegel. Es war Ende September, und seit Anfang des Monats war kein Tropfen Regen gefallen. Der Himmel war nicht einmal bedeckt gewesen, bis auf ein paar helle Wolken, die gemächlich über den blauen Hintergrund glitten wie Segelboote über das Meer.

Er hatte sich rasiert und rasch geduscht. Um halb acht war er hinuntergegangen. Im Eßzimmer war niemand zu sehen. Sein Gedeck war auf dem Tisch, ebenso wie das seiner Schwester, aber Odile stand viel später auf. Auch ihre Mutter würde sich erst später, gegen elf, ihr Frühstück hinaufbringen lassen.

Er trat in die Küche.

»Machst du mir schnell zwei Toasts mit Orangenmarmelade, Mathilde?«

Sie war schon Jahre vor seiner Geburt im Haus gewesen. Stämmig und kurzbeinig, hatte sie trotz ihrer vierundsechzig Jahre ein frisches, jugendliches Gesicht. Eine Eigenheit von ihr war, in der Küche vor sich hinzubruddeln.

Sie war der ruhende Pol im Haus, und wenn alles schiefzugehen drohte, brachte sie die Dinge wieder ins Lot.

Mechanisch öffnete er den Kühlschrank, um nach einem Happen zu essen zu suchen, und brach damit ihren täglichen kleinen Streit vom Zaun.

»Nasche nicht wieder aus allen Schüsseln. Setz dich an den Tisch, und sag mir, worauf du Appetit hast. Ich kümmere mich schon darum.«

Von seinem Platz aus überblickte er einen Teil des Gartens mit der alten Linde, an der er ganz besonders hing. Solange man zurückdenken konnte, trug die Villa den Namen ›Zwei Linden‹. Davon war bloß noch eine da, voller Licht und Schatten und Vogelgesang. Nur ein paar Blätter begannen schon gelb zu werden.

Die andere Linde, die noch sein Urgroßvater gepflanzt hatte, war vor langer Zeit eingegangen und durch Birken ersetzt worden.

Man hätte nicht gedacht, mitten in Lausanne zu sein, in einer schmalen, abschüssigen Straße, auf der zwei Autos nur mit Müh und Not aneinander vorbeifahren konnten. Eine niedrige Mauer umgab das Grundstück, und das schmiedeeiserne Tor war nie verschlossen.

»Was gibt's zum Mittagessen, Mathilde?«

»Kalbsbraten mit Nudeln.«

Er aß hastig, sah dabei bald auf den Lindenbaum zu

seiner Rechten, bald auf die bis zu halber Höhe mit dunklem Holz getäfelte Wand. Dann warf er eine abgewetzte Wildlederjacke über und lief ohne Kopfbedekkung zur Garage, um sein Mofa herauszuholen.

Um acht Uhr hatte er eine Vorlesung in Sozialpsychologie und um zehn Statistik der Humanwissenschaften.

Er wollte den Magister in Soziologie machen und war im dritten und letzten Jahr. Danach hoffte er noch den Doktor anzuhängen.

Um elf verließ er die Rue Charles-Vuillermet hinter der Kathedrale, wo in den Räumen der juristischen Fakultät die Soziologie- und Psychologievorlesungen abgehalten wurden.

Im Eßzimmer war alles unverändert, nur daß seine Tasse und die seines Vaters verschwunden waren. Das Gedeck seiner Schwester lag noch da.

Er öffnete die Küchentür.

»Ist Odile nicht heruntergekommen?«

»Ich habe sie weder gesehen noch gehört.«

Seine Schwester war wie seine Mutter. Abends konnte sie sich nicht entschließen, zu Bett zu gehen. Auch wenn sie nicht ausging, hing sie so lange wie möglich herum, setzte sich im Wohnzimmer vor den Fernseher, las, was ihr in die Hände fiel, manchmal sogar Comics, obwohl sie über achtzehn war, und ging erst schlafen, wenn sie vor Müdigkeit umfiel.

Ihre Mutter las ebenfalls, und morgens schliefen sie beide bis in die Puppen; das Frühstück mußte solange warten. Der Vater dagegen ging früh schlafen, und jetzt saß er droben in seinem Zimmer, wo er ungestört arbeiten konnte. Man sah ihn fast nur zu den Mahlzeiten. Er hatte im zweiten Stock eine Zwischenwand herausreißen lassen und dadurch die Mansardenräume in eine geräumige Bibliothek verwandelt, wo er nach dem Mittagessen auf einem alten scharlachroten Kanapee sein Mittagsschläfchen hielt.

»Es ist ein Brief für dich gekommen. Ich habe ihn in dein Zimmer hinaufgebracht.«

Neugierig stieg er die Treppe hinauf und stieß die Tür auf. Die Sonne hatte ihren Platz gewechselt und beleuchtete nicht mehr dieselben Wände. Auf seinem Schreibtisch fand er den Brief und erkannte überrascht die Handschrift seiner Schwester. Er öffnete ihn, leicht beunruhigt. Odile war schon immer unberechenbar gewesen, und man mußte bei ihr auf alles gefaßt sein.

Dem Poststempel nach war er gestern abend eingeworfen worden. Gestern abend hatte Odile nicht zu Hause gegessen. Das kam häufig vor. Sie kam und ging, wie es ihr beliebte, und kehrte oft erst um drei Uhr morgens zurück.

Er überquerte den Flur und öffnete die Tür seiner Schwester. Das Bett war unbenutzt. Auch herrschte nicht die gewohnte Unordnung.

Er kehrte in sein Zimmer zurück, setzte sich in seinen Sessel und las:

Mein lieber Bob,
wenn Du diesen Brief siehst, wirst Du erschrecken. Wahrscheinlich wirst Du ihn finden, wenn Du zum Mittagessen heimkommst, und ich sehe Dich vor mir, wie Du mißtrauisch den Poststempel untersuchst. Dann

wirst Du mit Deinen langen Beinen in mein Zimmer hinübereilen und es leer vorfinden. Doch da bin ich bereits über alle Berge.

Seine Schwester versuchte immer zu erraten, wie sich ihre Mitmenschen und besonders ihre Angehörigen verhalten würden, und man mußte wirklich zugeben, daß sie sich selten irrte.

Die Handschrift war klein und regelmäßig, nur die Zahl der Abstriche wechselte, die *m* und einige andere Buchstaben waren praktisch unleserlich, das *t* zum Beispiel, das man für ein *i* halten konnte.

Wann hatte sie diese Seiten beschrieben? Der Brief war gestern abend um sechs aufgegeben worden. Am Bahnhof? Wahrscheinlich, denn sie schrieb ja, daß sie schon weit weg sein würde, wenn ihr Bruder den Brief las. Und wegfahren, das hieß für Odile nach Paris fahren, wo sie nur vier-, fünfmal gewesen war, aber das sie für den einzigen Ort hielt, wo man leben konnte.

Lausanne und die anderen Städte waren für sie eine Art Gefängnis, das sie ertrug, weil ihr nichts anderes übrigblieb.

Ich mag Dich sehr, Bob. Du bist der einzige auf der Welt, den ich nur schweren Herzens verlasse. Ich hätte Dich vor dem Weggehen gern umarmt, aber ich hatte Angst, vor lauter Rührung in Tränen auszubrechen. Weißt Du, es ist nämlich eine sehr, sehr lange Reise, die ich mache, die längste, die man sich aussuchen kann.

Mama und Papa sind mir ehrlich gesagt egal, auch wenn Papa das vielleicht nicht verdient.

Er ist ein gutmütiger Kerl, der resigniert hat und nur seine Ruhe will. Ob er dabei glücklich ist, weiß ich nicht, jedenfalls hat er zu einer Art inneren Ruhe gefunden.

Ich rechne ihm hoch an, daß wir ihn nie betrunken gesehen haben. Er dosiert seine Gläschen Rotwein so, daß er immer einen kühlen Kopf bewahrt, und nur wer ihn gut kennt, weiß, daß er bis zum Abend seine zwei Flaschen Dôle intus hat.

Sicher schaut er immer wieder ungeduldig auf die Uhr, ob es nicht bald Zeit für das nächste Glas wird.

Armer Papa! Und wir sind auch nicht besser dran! Der einzige, der das Bedrückende in diesem Haus, das uns erstickt, nicht spürt, bist Du. Ich weiß nicht, wie Du das machst. Du mußt sehr robust sein. An Deiner Stelle, wenn ich ein Junge wäre, wäre ich längst auf und davon.

Du hast schon begriffen, daß ich für immer gegangen bin, nicht wahr? Es ist keine Flucht und auch nicht die Laune eines Augenblicks. Schon seit langem trage ich mich mit dem Gedanken an diesen Abgang, einen endgültigen Abgang. Ich nehme nicht nur von diesem Haus Abschied, sondern vom Leben, das mir immer unerträglicher wird.

Ich bin zu nichts nütze. Mein Verschwinden wird niemanden schmerzen. Außer Dir wird es kaum jemand bemerken, und Du hast Deine Arbeit, die Dich begeistert. Das ist Deine große Chance. Mich interessiert gar nichts mehr. Das Leben ist wie trübes Wasser, nicht heiß noch kalt, lauwarm wie Spülwasser.

Es wird keinen Skandal geben, denn es wird auch

kein Begräbnis geben. Ich werde es so einrichten, daß man mich nicht findet, daß man mich jedenfalls nicht identifizieren kann.

Ihr braucht den Leuten nur zu sagen, daß ich verreist bin, ohne eine Adresse zu hinterlassen.

Wochen-, wenn nicht monatelang habe ich über eine Vielzahl von Lösungen nachgedacht, und es gibt mehrere, die mir annehmbar erscheinen. Ich habe noch keine Wahl getroffen. Ich werde mir noch zwei, drei Tage geben, bis ich mich entscheide.

Papa wird eine Zeitlang traurig sein, aber er ist so sehr an sein kleines egoistisches Leben gewöhnt, daß er bald wieder in seine alten Marotten verfallen wird. Was Mama betrifft, die guckt nicht nach außen, sondern in sich hinein, und sie wird sich darauf beschränken zu seufzen: »Und dabei haben wir es dem Mädel doch an nichts fehlen lassen! Ich habe ja schon immer gesagt, daß sie nicht normal ist.«

Ich war oft versucht, so mit Dir zu reden wie in diesem Brief, aber im letzten Moment habe ich es mir immer verkniffen, aus Angst, daß Du mich lächerlich findest.

Das alles reicht sehr weit zurück, Bobby. Schon als kleines Mädchen fühlte ich mich in diesem Haus nicht wohl, zumal die Bücher, die ich las, mir Familien vor Augen führten, die echte Familien waren.

Ich war mir selbst überlassen. Ich versteckte mich im Garten oder in dem großen dunklen Salon, in den wir nur zum Fernsehen gehen. Einmal jeden Monatsanfang fragte mich Mama: »Gehen wir in die Stadt, Odile?«

Ich haßte diese Ausflüge an Mutters Hand wie an

einer Leine. Wenn sie eine ihrer Bekannten traf, blieben sie mitten auf dem Trottoir stehen und plauderten, während mich die Passanten anrempelten.

Sie weigerte sich, mir ein Eis zu kaufen, denn auf der Straße zu essen schickt sich nicht.

Ich mußte schön sauber sein, adrett, schön brav.

Ich weiß nicht, wie Du es angestellt hast, daß man Dich in Frieden läßt. Wahrscheinlich liegt es daran, daß Du ein Junge bist.

Und die stummen Mahlzeiten! Nur hie und da ein Satz, der keinen Widerhall fand.

Du bist ein feiner Kerl, Bob. Ich bin sicher, daß Du mich verstehst, daß Du mir verzeihst. Es sieht aus, als wollte ich nur die anderen beschuldigen und die ganze Last meiner Entscheidung auf ihre Schultern laden. Doch das stimmt nicht. Ich bin mir bewußt, daß mein wahrer Feind ich selbst bin. Weißt Du, mir ist, als stünde ich nicht mit beiden Füßen im Leben.

Solange ich zurückdenken kann, habe ich mich immer für anders als meine Kameradinnen gehalten. Vielleicht aus Überheblichkeit. Ich weiß nicht. Ich hätte ein anderes Leben haben müssen, aber ich selbst weiß am wenigsten, was für eins.

Deswegen habe ich alles mögliche angefangen, so daß ich jetzt, mit über achtzehn Jahren, letztlich überhaupt nichts vorzuweisen habe. Nicht das kleinste Diplom, das es mir erlauben würde, einen Beruf auszuüben, wenn ich wollte.

Wenn ich abends solange wie möglich herumhänge und fernsehe oder lese, dann nur, um nicht mit mir allein zu sein.

Ich denke zuviel an mich selbst, aber ich kann nicht anders.

Im Gymnasium habe ich Freundinnen gehabt. Ganz offen gesagt mochte ich sie nicht, und nach ziemlich kurzer Zeit sind sie mir auf die Nerven gegangen.

»Du solltest diese oder jene einladen«, sagte Mama.

Wozu sollte ich sie einladen? Sie hatten nicht die gleichen Sorgen wie ich. Ihr Geplapper, ihr Gelächter, in das sie scheinbar ohne Grund ausbrachen, kamen mir kindisch vor.

Ich bin die Schreiberei leid und möchte Dir doch so gern alles erklären. Dann gäbe es wenigstens einen Menschen, in dessen Erinnerung ich nicht eine Kranke bin oder eine, die nie wußte, was sie will.

Mathilde hat mir gesagt, ich sei nie richtig Kind gewesen, ich hätte mich schon als ganz kleines Mädchen wie eine Erwachsene benommen und wollte immer nur allein sein. Anscheinend fanden sie mich einmal auf dem Ast eines Baumes hinten im Garten und ein andermal sogar im Keller. Und als sie mich fragten, was ich da tue, hätte ich sie nur angeglotzt, ohne einen Ton zu sagen.

Was hätte ich ihnen auch antworten sollen?

Es kam vor, daß ich für die eine oder andere Mitschülerin schwärmte. Ich lud sie ständig nach Hause ein, und nach ein paar Wochen konnte ich sie nicht mehr ertragen.

Wenn ich zu einer Schulkameradin ging, zu einem Geburtstagsfest zum Beispiel, fühlte ich mich fehl am Platz in der Wohnung, die so anders war als unsere und wo die Mutter sich mit uns abgab.

»Woran denkst du, Odile?«

»An nichts, Madame.«

Ich war höflich. Man hat mir beigebracht, höflich zu sein. Guten Tag, Monsieur. Guten Tag, Madame. Danke, Monsieur.

Was ich in meinem Leben danke gesagt habe!

Ich sollte mich wirklich entschließen, den Brief zu beenden. Du hast erraten, daß ich nach Paris gefahren bin, stimmt's? Das ist der beste Ort, um für immer zu verschwinden.

Ich möchte nicht, daß Du mich bedauerst. Seit ich meinen Entschluß gefaßt habe, bin ich nicht mehr unglücklich. Im Moment wird es schlimm sein, aber dann ist es schnell vorbei, schneller als beim Zahnarzt.

Und danach bin ich befreit. Befreit von mir selbst, von meiner vielleicht grundlosen Selbstquälerei.

Bist Du mein Geschreibsel noch nicht leid? Ich habe das Gefühl, daß sich alles, was ich Dir schreibe, um mich selbst dreht, als sei ich der Nabel der Welt. Hältst Du mich für eingebildet, oder hast Du mich manchmal dafür gehalten? Wie blöd von mir, Dich das zu fragen, da ich die Antwort doch nie erfahren werde.

Ach, mein lieber Bob, lassen wir das alles, jetzt, da mein Entschluß feststeht. Ich will kein Mitleid. Weiterzuleben wäre für mich schmerzlicher als dieser Abgang.

Wenn Du Onkel Arthur siehst, sag ihm, daß ich ihm nicht mehr böse bin. Es ist nicht seine Schuld. Ich habe darüber nachgedacht, und mir ist letztlich klargeworden, daß ich ihn selbst provoziert habe. Ja, ich war erst fünfzehn. Übrigens ist er nicht bis zum Letzten gegan-

gen. Ich war ja so unwissend und habe es erst später begriffen.

Ich hatte kein Glück mit den Männern. Ich sage Männer, denn mit Jungen meines Alters habe ich mich nie abgegeben. War das falsch von mir? Sie haben mich nicht interessiert.

Ist auch nicht so wichtig.

Weißt Du, meine große Entdeckung ist, daß ich nie für irgend jemanden etwas getan habe. Ich habe immer die anderen für alles verantwortlich gemacht. Erst später habe ich mir allmählich Fragen gestellt.

Sogar wenn ich mich mal großmütig zeigte, war es, als betrachte ich mich dabei im Spiegel, um mich bei einer guten Tat zu beobachten.

Warum nur bringe ich es nicht fertig, den Brief zu beenden? Mir ist, als ob das Wichtigste noch fehlt, als sei alles, was ich Dir gesagt habe, nicht das, was wirklich zählt.

Als ich anfing, kam es mir ganz einfach vor, als bräuchte ich nur draufloszuschreiben, ohne mir die Mühe zu machen nachzudenken.

Wirst Du es verstehen? Ich wünsche es mir, obwohl ich es nie wissen werde. Vernichte diesen Brief. Zeig ihn weder Papa noch Mama. Sie haben letztlich alle beide getan, was sie konnten.

Ich werde viel an Dich denken, Bob, in den nächsten Stunden, an Deine innere Ruhe, an Dein gutes, herzliches Lächeln. Du bist ein ausgeglichener Junge, der weiß, was er will, und es auch erreichen wird. Du wirst heiraten. Du wirst Kinder haben. Ich hoffe nur, daß Du nicht in der Villa ›Zwei Linden‹ bleiben wirst. Ich glaube, die Leben, die dort aufeinanderfolgten, haben eine bedrückende Atmosphäre hinterlassen.

Nun ja! Ich nehme wieder einmal einen anderen Weg. Es wird Zeit, daß ich Schluß mache. Ich küsse Dich ganz fest auf Deine beiden immer ein wenig rauhen Wangen, mein guter Bob. Bald wirst Du wieder lächeln, nein, laut lachen, mit Deinem schallenden Lachen.

Bye-bye!
Deine idiotische Schwester Odile

Er verharrte lange reglos, die Blätter in der Hand. Als er Schritte auf der Treppe hörte, stopfte er den Brief in seine Hosentasche.

»Das Mittagessen steht auf dem Tisch, Bob!«

Sie nannte ihn nicht Monsieur, ebensowenig wie sie seine Schwester Mademoiselle nannte. Sie hatte die beiden praktisch großgezogen, und auch sie hatten sich von klein auf angewöhnt, Mathilde zu duzen.

»Ist mein Vater schon heruntergekommen?«

»Es ist halb eins.«

»Und meine Mutter?!«

»Sie ist bei Tisch.«

Er beugte sich hinab und küßte sie beide auf die Stirn. Er war groß und mager, und sein Körper wirkte bei aller Schlaksigkeit doch geschmeidig und gelenkig.

»Kommt deine Schwester nicht herunter?«

»Sie ist nicht in ihrem Zimmer.«

»Hat sie gesagt, wohin sie gegangen ist?«

Seine Mutter, ein sehr dunkler Typ, trug einen blauseidenen Morgenmantel. Bevor sie die Vorspeise aß, rauchte sie ihre Zigarette zu Ende. Sie rauchte von früh bis spät, und am Ende des Tages zitterten ihr die Finger.

Der Vater hatte graues, nahezu weißes Haar, das sein Gesicht um so jugendlicher wirken ließ.

»Sie hat mir nichts gesagt, aber sie hat einen Zettel für mich hinterlassen.«

Marthe Pointet hatte fast schwarze Augen, einen stechenden Blick.

»Zeigst du ihn uns nicht?«

»Ich muß ihn wohl zerrissen haben. Sie sagt darin nur, daß sie nach Paris fährt und keine Adresse nennen möchte.«

»Hast du das gehört, Albert?«

»Wann ist sie gefahren?«

»Soweit ich verstanden habe, mit dem TEE gestern abend um 18.13 Uhr.«

»Glaubst du, sie war allein?«

»Ich denke schon.«

»Steckt kein Mann hinter dieser Geschichte?«

»Ich habe nicht den Eindruck.«

Der Vater blickte wortlos auf seinen Teller.

»Das ist doch nicht zu fassen!« schrie Marthe Pointet schrill. »Da ist das Mädchen kaum achtzehn und geht fort, ohne ihrer Familie etwas zu sagen. Hat sie überhaupt Geld?«

»Sie hat, glaube ich, von ihrem Weihnachts- und Geburtstagsgeld etwas gespart.«

»Schreibt sie nicht, wann sie zurückkommt?«

»Nein.«

»Ich kann es kaum glauben. Wenn ich das meinen

Freundinnen erzähle, fragen die sich glatt, was wir bloß für eine Familie sind.«

Sie wandte sich zu ihrem Mann.

»Und du sagst gar nichts! Du ißt einfach weiter!«

»Was sollte ich auch sagen?«

»Na, irgendwas, aber sitz nicht so gleichgültig da. Immerhin handelt es sich um unsere Tochter.«

»Ich weiß.«

»Ich frage mich, ob wir nicht die Polizei verständigen sollten.«

»Das würde bestimmt nichts nützen. Wenn sie verschwinden wollte...«

»Was meinst du mit verschwinden?«

»Unabhängig von uns ihr Leben führen...«

»Und warum, kannst du mir das sagen?«

»Wahrscheinlich, weil sie es satt hatte.«

»Was hatte sie satt?«

»Weiß ich auch nicht... Sie ist jung... Sie hat ihren eigenen Willen.«

Das Ende der Mahlzeit war schweigend abgelaufen an dem ovalen Tisch, von dem das Gedeck seiner Schwester gegenüber von Bob nicht abgeräumt worden war. Kaum hatte Marthe Pointet den letzten Bissen hinuntergeschluckt, zündete sie sich eine Zigarette an, während ihr Mann ächzend aufstand, als wäre es eine körperliche Anstrengung.

Tatsächlich trieb er, abgesehen von seinem Morgenspaziergang im Parc de Mon-Repos, auch keinerlei Sport, und der Dôle-Wein wirkte nicht gerade wie eine Schlankheitskur. Er würde wieder in seine Mansarde hinaufgehen. In diesem Haus saß man nur für die Dauer der Mahlzeiten beisammen, dann verkroch sich jeder wieder in sein Zimmer.

»Gehst du aus?« fragte Bob seine Mutter.

»Nein. Ich habe hier um vier ein Bridge.«

Bridge war ihre Hauptbeschäftigung. Die Freundinnen, mit denen sie spielte, kamen entweder zu ihr in die Villa, oder sie ging zu ihnen. Zunächst wurde Tee mit Gebäck serviert, gegen halb sechs dann gingen die Damen zu Whisky über.

»Weißt du, ob sie irgend etwas mitgenommen hat?« fragte Albert Pointet, die Hand am Türknauf.

»Ich habe den blauen Koffer vermißt, den sie zu Weihnachten bekommen hat. Ihr Toilettenzeug ist auch nicht mehr da.«

»Kleider?«

»Es scheint nichts zu fehlen, bis auf ihren Kamelhaarmantel, den sie nie tragen wollte. Sie fand ihn zu schnieke.«

»Ich werde meinen Freundinnen nichts von ihrer Abreise sagen«, meinte Martha. »Es hat keinen Sinn, daß sich schon jetzt alle darüber den Mund zerreißen. Da sie sicher irgendwann zurückkommen wird ...«

»Das glaube ich nicht«, entgegnete Bob.

»Wie kommst du darauf?«

»Es ist mein Eindruck.«

Der Brief seiner Schwester war ganz in ihrem gewohnten Stil abgefaßt, und Odile dramatisierte nicht ungern. Es war nicht das erste Mal, daß sie von Selbstmord sprach, doch diesmal war ihr Ton anders.

Albert Pointet ging die Treppe hinauf. Seine Frau

folgte ihm alsbald, und Bob, der am Fenster stand, schaute auf die alte Linde, die er als Kind »seinen« Baum genannt hatte, weil er hinaufkletterte und es sich in den höchsten Ästen bequem machte.

Er hörte, wie Mathilde mit dem Abräumen begann.

»Warum hast du ihnen nicht die Wahrheit gesagt?«

»Welche Wahrheit?«

»Daß sie seit gestern abend weg ist und daß sie einen Brief mit der Post geschickt hat. Wie ich sie kenne, hat sie sich nicht mit einem Zettel begnügt. Du hast einen langen Brief bekommen, stimmt's?«

»Ja.«

»Willst du ihnen den nicht zeigen?«

»Nein.«

»Warum nicht?«

»Weil sie von ihnen spricht und weil sie über das, was sie schreibt, alles andere als erfreut wären.«

»Glaubst du wirklich, daß sie nach Paris gefahren ist?«

»Ich vermute es, aber ich kann mich irren.«

»Was wird sie dort tun?«

»Ich weiß es nicht. Aus ihrem Brief wird deutlich, daß sie für immer geht. Das kann heißen, daß sie vorhat, sich umzubringen. Apropos, da möchte ich doch gern wissen ...«

Er eilte, vier Stufen auf einmal nehmend, hinauf und trat ins Badezimmer seiner Eltern, wo sich die Hausapotheke befand. Jetzt, da sie keine Kinder mehr waren, bediente sich daraus jeder im Haus nach eigenem Gutdünken. Er sah sich die Tablettenpackungen genau an, und der Verdacht, der ihm vor einem Augenblick gekommen war, erwies sich als richtig: das Fläschchen mit dem Schlafmittel war weg.

Er kehrte ins Zimmer seiner Schwester zurück, wo die Gitarre an ihrem Platz in einer Ecke und auf einem Regal verschiedene Plüschtiere aus ihrer Kindheit standen. Im Kleiderschrank sehr wenige Röcke, dafür ein halbes Dutzend Hosen. Der Blouson, haargenau der gleiche wie seiner, war verschwunden.

Heute war Mittwoch. Das Collège war nachmittags geschlossen. Er ging in den Salon hinunter, wo das Telefon stand, und rief bei den Duprés an.

»Hallo! Madame... Hier Bob Pointet... Könnte ich bitte mit Jeanne sprechen?«

Im Béthusy-Collège war sie fünf Jahre lang in dieselbe Klasse wie Odile gegangen, und sie hatten sich oft gegenseitig besucht, wenn auch nicht regelmäßig. Es kam immer auf die Laune von Odile an, die Jeanne monate- oder zumindest wochenlang als ihre beste Freundin betrachtete und dann plötzlich nicht einmal mehr mit ihr sprechen wollte.

Jetzt war Jeanne Dupré neunzehn und machte ihr letztes Jahr auf dem Gymnasium. Sie war ein frisches und fröhliches junges Mädchen mit wasserblauen Augen.

»Hallo! Bist du's, Bob?«

»Ja.«

»Was machst du so?«

»Ich arbeite, wie immer. Ich wollte dich fragen, ob du in letzter Zeit meine Schwester gesehen hast.«

»Du weißt doch, seitdem sie die Schule aufgegeben hat...«

»Ja, ich weiß.«

Sie sah ihre alten Freundinnen und Freunde nicht mehr gern. Für sie waren sie Kinder geblieben. Sie verkehrte jetzt mit anderen Cliquen, die sich in den verrufensten Bars der Stadt herumtrieben.

»Warte mal... Vor etwa einer Woche habe ich sie in der Rue du Bourg getroffen. Sie wollte mir unbedingt ein Eis spendieren...«

»Wie ist sie dir vorgekommen?«

»Du willst, daß ich dir die Wahrheit sage, ja? Ich fand sie nervös und ein bißchen überspannt. Sie hat mich gefragt, was ich nach dem Gymnasium machen will. Ich sagte ihr, daß ich gern Pharmazie studieren würde.

›Findest du das lustig?‹ hat sie mich spöttisch gefragt.

›Warum nicht? Für eine Frau ist das ein schöner Beruf, und ich hoffe, mich eines Tages selbständig zu machen.‹

›Na, dann viel Glück. Und daß du einen schönen Apotheker findest! Dann könnt ihr kleine Apothekerlein machen...‹«

»Diese Sprüche kenne ich.«

»Ich auch. Trotzdem hab ich sie gefragt, warum sie so bissig daherredet... Da hat sie mich untergefaßt...

›Nimm's mir nicht krumm. Ich bin dabei, eine große Entscheidung zu fällen, die noch von sich hören machen wird.‹

›Du bist nicht gerade gut drauf...‹

›Ich bin nie gut drauf gewesen.‹

›Ich hab dich zu einer Zeit kennengelernt, da warst du ein richtiger Spaßvogel...‹

›Weil ich Theater spielte.‹

›Jetzt spielst du auch Theater, stimmt's?‹

›Nein. Jetzt ist es ernst... Aber mehr will ich nicht sagen. Nett, daß wir uns mal wieder gesehen haben. Ich war manchmal gemein zu dir, obwohl ich dich im Grunde gern habe. Du wirst ein wohlgeordnetes Leben führen, mit deiner Arbeit, mit Mann und Kindern... Du wirst dir keine Fragen stellen...‹

Das war's, mehr hat sie nicht gesagt, Bob. Sie sah abgespannt aus. Sie sagte, das kommt davon, daß sie nie vorm Morgengrauen einschlafen kann...«

»Sie trug Hosen und ihren Blouson, nehme ich an?«

»Ja.«

»Erinnerst du dich an die Farbe ihrer Hose?«

»Ja... rotbraun...«

Nun hatte seine Schwester den Tick, zwei oder drei Wochen lang dasselbe Kleidungsstück zu tragen, und die rotbraune Hose, an die Bob gar nicht gedacht hatte, befand sich nicht in ihrem Kleiderschrank.

»Sei so nett und sag niemandem etwas von diesem Telefongespräch... Sie wäre nicht erfreut, wenn sie erfahren würde, daß ich dich ausgefragt habe...«

»Was befürchtest du, Bob?«

»Und du?«

»Ich frage mich, ob wir nicht dasselbe denken...«

»Sie trägt sich mit Selbstmordgedanken...«

»Das ist mir nicht neu. Die hatte sie schon auf dem Collège, aber ich dachte, das gehört zu der Rolle, die sie gerade spielte... Denn sie spielte eine Rolle. Nicht immer dieselbe... Sie brauchte es, daß man sich mit ihr befaßte... Sie brauchte auch Bewunderung... Und sie hatte ja wirklich mehr auf dem Kasten als wir...«

»Ist deine Mutter in Hörweite?«

»Nein. Sie ist einkaufen gegangen, gleich nachdem du angerufen hast ... Ich bin ganz allein im Haus, meine Brüder sind beide bei Nachbarn ... Was wirst du tun?«

»Nach Paris fahren ... Weißt du, ob von den Leuten aus ihrer Clique jemand in Paris wohnt?«

»Ich weiß so gut wie nichts über ihre neuen Beziehungen. Meine Eltern lassen mich nur zu Feten bei Leuten gehen, die sie kennen ...«

Sie war einmal in ihn verliebt gewesen, und sie hatten Küsse und oberflächliche Zärtlichkeiten ausgetauscht. Jeanne Duprés Stimme klang nostalgisch, als habe sie ihn noch nicht vergessen.

»Viel Glück, Bob.«

»Danke, Jeanne ... werde glücklich ...«

Er legte auf und dachte nach, wen er noch anrufen könnte. Alle alten Freundinnen seiner Schwester würden ihm weniger sagen können als Jeanne, denn Odile hatte sie aus eigenem Willen aus dem Blick verloren.

Es gab einen Jungen, in den sie eine Zeitlang verliebt gewesen war, Alex Carus, der Sohn von Doktor Carus in der Avenue de Rumine. Bob war nur einmal bei ihm gewesen und war von dem ehemaligen Künstleratelier, das sich sein Freund als Zimmer eingerichtet hatte, beeindruckt gewesen.

Er wählte seine Nummer und traf ihn zum Glück an. In der Stadt begegnete man Alex Carus freilich vorwiegend spätabends oder nachts.

»Hier Bob.«

»Bob Pointet?«

»Ja.«

»Was machst du denn so? Was verschafft mir die Ehre deines Anrufs? Wir haben uns lang nicht gesehen . . .«

Er war neunzehn, wie die meisten Freunde von Odile. Eine Zeitlang hatte man im Béthusy-Collège von der »Odile-Bande« gesprochen. Auch Alex hatte die Schule sausen lassen. Er spielte mehrere Musikinstrumente und hatte mit anderen jungen Leuten eine kleine Band gegründet.

»Und meine Schwester? Hast du sie öfters wiedergesehen?«

»Eines Abends in der ›Brasserie de l'Ours‹, wo wir Raclette gegessen haben, ein paar Kumpels und ich. Sie saß an einem anderen Tisch. Ich habe sie eingeladen, sich zu uns zu setzen, aber sie wollte nicht.«

»Wie war sie?«

»Ziemlich muffig . . . Ich fragte sie, ob sie noch Gitarre spielt, denn sie hätte bei uns mitmachen können . . . Ich behaupte nicht, daß wir eine tolle Gruppe sind, aber wir haben schon mehrmals die Gelegenheit gehabt, vor Publikum zu spielen, und eine seriöse Genfer Firma hat uns versprochen, eine Plattenaufnahme zu machen . . . Sie antwortete, daß sie ihre Gitarre schon über ein Jahr nicht angerührt hat . . .«

»Sonst nichts?«

»Meine Kumpels warteten auf mich . . . Ich hatte ihr nichts mehr zu sagen . . .

›Ciao!‹

›Ciao!‹

Wenig später ist sie gegangen, ganz allein, ihr Gang war irgendwie schlaff und müde . . .«

»Danke dir.«

»Warum stellst du mir diese Fragen?«

»Weil sie nach Paris gefahren ist, ohne jemandem was zu sagen ...«

»Diese Idee spukte ihr schon lange im Kopf herum. Wenn wir über die Zukunft sprachen, ging es bei ihr immer nur um Paris ... Sie konnte nicht verstehen, wie man in Lausanne leben kann, und blickte fast verächtlich auf die runter, die hierbleiben wollten ...«

»Danke ... Entschuldige, daß ich dich gestört habe ...«

»Ich erwarte in einer Viertelstunde meine Kumpels zum Proben ...«

»Beschwert sich dein Vater nicht über den Lärm, den ihr macht?«

»Ich bin am anderen Ende der Wohnung ...«

Er hängte ein und sah um sich. Es war das dunkelste Zimmer im Haus, und Odile hatte nicht unrecht, wenn sie sagte, daß es unfreundlich wirkte.

Ihr Großvater, Urbain Pointet, war fünfunddreißig Jahre lang Juraprofessor gewesen. Ihm hatte das Haus gehört, in dem die Familie jetzt wohnte. Ihre Eltern waren auf Drängen des Professors hier eingezogen, als dieser Witwer geworden war.

Er hatte schöne Haare gehabt, einen gepflegten, zuerst hellgrauen, dann schlohweißen Bart. Der jetzige große Salon war einst sein Arbeitszimmer und seine Bibliothek gewesen. Auch dort bedeckte Holztäfelung einen Teil der Wände, und der Rest war mit kunstledernen Relieftapeten bespannt.

Die Bücherregale, die vom Fußboden bis zur Decke

reichten, enthielten Tausende von Büchern und gebundenen Zeitschriften, und keiner war je auf den Gedanken gekommen, sie anzurühren.

Urbain Pointet, seinerzeit eine geachtete Persönlichkeit im Land, war vor zehn Jahren gestorben, und statt sich in seinem Büro niederzulassen, hatte Bobs Vater weiterhin in seiner Mansarde gearbeitet, die, wie er fand, besser zu ihm paßte.

Die Tür ging auf. Mathilde kam herein und klappte den Bridgetisch auf, holte die Spielkarten und die Notizblöcke aus einem der Schränke.

»Was tust du denn hier, Bob?«

»Ich hab ein bißchen herumtelefoniert.«

»Hast du was herausgefunden?«

»Nichts Nennenswertes. Nur, daß sie schon seit langem ans Weggehen gedacht hat...«

»Fährst du nach Paris?«

»Ich gehe hinauf und bespreche es mit meinem Vater...«

»Wo willst du sie suchen, unter Millionen Menschen?«

»Sie hat dort mindestens einen Freund, oder vielmehr ist es ein Freund von mir, mit dem sie mal geflirtet hat... Auch eine Freundin, Émilienne, deren Adresse ich kenne... Sonst bleibt immer noch die Polizei...«

»Du hättest keine Bedenken, die Polizei zu verständigen?«

»Nein... Dir kann ich es ja sagen: Ich habe Angst um sie...«

»Ich auch... Der arme Schatz!... Weißt du, sie kann nichts dafür...«

Um halb zehn Uhr abends liege ich im Bett, aber morgens bin ich schon um halb sechs auf...

Ich komme hier nur heraus, wenn ich in die Unibibliothek gehe oder zu meinen Verlegern nach Paris fahre...

Deine Mutter verbringt gut die Hälfte ihrer Zeit im Bett, und ihre Hauptbeschäftigung ist Bridgespielen... Übrigens, sind ihre Freundinnen schon gekommen?«

»Vor ein paar Minuten waren sie noch nicht da.«

»Manchmal frage ich mich, ob sie ›ganz richtig im Kopf‹ ist, wie es im Volk heißt... Du hast sie ja gehört, heute mittag... Es hat sie überhaupt nicht erschüttert... Ihre einzige Reaktion war die Furcht, die Neuigkeit könne sich herumsprechen und ihre Freundinnen könnten es erfahren... Setz dich, mein Sohn...«

Er zündete sich eine Zigarette an und fragte Bob:

»Möchtest du auch eine?«

»Nein, danke...«

»Was wolltest du von mir?«

Gewöhnlich kam er in die Mansarde herauf, wenn er Geld brauchte. Indirekt war das auch jetzt der Fall.

»Ich fahre nach Paris.«

»Du willst sie also suchen?«

»Ich versuche es jedenfalls. Ich kenne zwei, drei Leute, bei denen sie sich vielleicht gemeldet hat...«

»Das ist gar keine schlechte Idee... Du hast Angst, nicht wahr?«

»Ja.«

»Redet sie mit dir darüber?«

»Über das Sterben? Ja ...«

»Sag deiner Mutter trotzdem nichts ... Ich habe die gleichen Befürchtungen wie du ...«

Er zog ein dickes Portefeuille aus seiner Hosentasche und zählte Hunderterscheine ab.

»Hier sind fünfhundert Franken ... Wenn du mehr brauchst, schick mir einfach ein Telegramm ... Wann fährst du?«

»Mit dem TEE um 18.30 ...«

Der Vater hielt ihm die Stirn hin, wie es seine Gewohnheit war, und Bob streifte sie mit den Lippen.

»Steigst du in der Rue Gay-Lussac ab?«

Dort, im Hotel ›Mercator‹, wohnte Bob, wenn er in Paris war, genau wie sein Vater. Es lag mitten im Quartier Latin, einen Katzensprung von der Sorbonne und vom Jardin du Luxembourg. Der Inhaber hieß nicht mehr Mercator, wahrscheinlich schon seit mehreren Generationen, sondern hörte auf einen Namen, der mehr zu seinem pausbäckigen Gesicht und zu seiner fülligen Gestalt paßte: er hieß Bedon, was soviel wie »Schmerbauch« bedeutet.

»Wenn du nichts von mir hörst, so heißt das, daß es nichts zu berichten gibt ...«

Sein Vater folgte ihm mit dem Blick bis zur Tür, dann sah er auf die Uhr und streckte die Hand nach der Flasche aus. Es war drei Minuten über die Zeit.

2

Bob hatte nur einen kleinen Koffer mitgenommen, der außer ein wenig Wäsche eine Flanellhose und ein Paar Schuhe zum Wechseln enthielt, für den Fall, daß er in den Regen kam.

Beim Verlassen der Villa hatte er den Salon gemieden, wo die Freundinnen seiner Mutter klatschten, so daß er sich von dieser gar nicht verabschiedet hatte. Dagegen war er in die Küche getreten.

»Ich wußte, du würdest fahren«, hatte Mathilde zu ihm gesagt. »Tu dein möglichstes, sie zu finden, Bob ... Ich habe das dumpfe Gefühl, daß ihre Drohung ernstgemeint ist ... Schon lange spüre ich in ihr irgend etwas Ungesundes ...«

Er trat aus dem Garten und schien seinem Baum Lebewohl zu sagen, in den die sinkende Sonne rötliche Glanzlichter setzte. Auch unterhalb der Stadt, auf dem spiegelglatt daliegenden See, waren welche zu sehen.

Mit langen Schritten ging er die abschüssige Straße hinab, durchquerte den Parc de Mon-Repos und fand ein Taxi.

»Zum Bahnhof ...«

Den größten Teil der Reise döste er vor sich hin. Im Speisewagen fragte er den Oberkellner:

»Haben Sie gestern dieselbe Strecke gemacht?«

»Ja, Monsieur.«

»Ist Ihnen da nicht ein sehr junges Mädchen aufgefallen, das niedergeschlagen oder nervös wirkte?«

»Wissen Sie, wir sehen so viele junge Mädchen...«

Er zeigte ihm die Fotografie seiner Schwester.

»Ja, ich glaube, sie saß dort in der Ecke. An einem Zweiertisch. Sie ist allein hereingekommen, aber ihr Gegenüber hat sie bald angesprochen, und sie haben den Speisewagen gemeinsam verlassen...«

»Welche Art von Mann war es?«

»Anständig. Noch nicht alt, so um die Vierzig...«

In Paris ließ er sich zum Hotel in der Rue Gay-Lussac fahren. Das Gebäude war das kleinste in der Straße, nur drei zwischen fünf- und sechsstöckige Häuser eingeklemmte Etagen hoch. Hinter der Rezeption stand eine Tür offen, und man sah den Patron, Monsieur Bedon, über einen Stapel Papiere gebeugt.

»Na so was! Monsieur Bob... Welcher gute Geist führt Sie hierher?«

»Eher ein schlechter Geist... Sagen Sie mir als erstes, ob meine Schwester zufällig hier ist.«

»Nein... Schon seit sechs Monaten ist sie nicht mehr hiergewesen...«

»Ist Ihnen damals nichts aufgefallen?«

»Sie ist drei Tage geblieben...«

»Das weiß ich.«

»Gleich am ersten Abend ist sie ausgegangen, nachdem sie ihren Koffer hinaufgetragen hatte, und sie hat mir verkündet, sie wolle ein bißchen Luft schnappen... In Wirklichkeit ist sie dann – Ihnen kann ich es ja sagen – erst gegen vier Uhr morgens zurückgekommen...«

»Wie wirkte sie?«

»Es schien ihr sehr gut zu gehen. Der alte Viktor hat ihr den Schlüssel gegeben ... Sie haben eine ganze Weile geplaudert ... Ist sie in Paris?«

»Wahrscheinlich ...«

»Dann wundert's mich, daß sie nicht wie sonst bei uns abgestiegen ist ...«, meinte Monsieur Bedon stirnrunzelnd.

»Sind Sie auf der Suche nach ihr?«

»Ja, sozusagen ... Sie ist von zu Hause weggegangen, ohne jemandem Bescheid zu geben ...«

»Offenbar eine sehr selbständige junge Dame ...«

»Ist sie in den anderen beiden Nächten, die sie in Paris verbracht hat, auch so spät zurückgekommen?«

»Leider Gottes, ja ...«

»Kam das bei ihr die anderen Male auch vor?«

»Nie drei Nächte nacheinander ... Tagsüber ist sie praktisch nicht aus dem Haus gegangen ... Um zwei Uhr hat sie sich Sandwiches hinaufbringen lassen, dann muß sie wieder eingeschlafen sein ... Erst zur Abendessenszeit hat sie die Nase wieder herausgesteckt ...«

»Danke, Monsieur Bedon ...«

Dieser nahm einen Schlüssel vom Schlüsselbrett und reichte ihn Bob.

»Nummer zwölf, die hatten Sie letztes Mal auch ...«

Er erkannte das Zimmer wieder, die geblümte Tapete, das Messingbett und den großen Spiegelschrank.

Wie seine Schwester sechs Monate zuvor ging auch er gleich wieder hinunter, nickte dem Besitzer zu und schlug die Richtung zum Boulevard Saint-Germain ein. Was Monsieur Bedon ihm eben über den letzten Aufenthalt seiner Schwester erzählt hatte, rief ihm einen Satz von ihr in Erinnerung.

»In Saint-Germain hab ich eine tolle Kneipe entdeckt... Sie haben nur fünf Musiker, aber die schaffen es, eine Bombenstimmung zu erzeugen... Eine winzige Bude... ›Le Cannibale‹ heißt es...«

Dorthin würde er gehen, auf gut Glück. Er hatte Mühe, das Schild zu finden, die Treppe, die in einen Keller hinabführte, aus dem Popmusik zu hören war.

Groß war es wirklich nicht. Der Raum mochte etwa dreißig Personen fassen, aber im Augenblick waren nur halb so viele da. Auf einem schmalen Podium fünf Musiker mit dichten Mähnen, darunter auch ein Gitarrist, der von allen die längsten Haare hatte.

»Sind Sie allein?« fragte ihn der Patron mit starkem schwedischen Akzent.

»Ja.«

»Macht nichts... Setzen Sie sich an diesen Tisch. Was trinken Sie?«

»Einen Scotch...«

Er wurde von einem hübschen jungen Mädchen bedient, das den kürzesten Rock trug, den er je gesehen hatte.

Es waren vor allem Paare da, Liebespaare, von denen manche auf einer winzigen Tanzfläche tanzten.

»Sagen Sie, ist es dasselbe Orchester wie vor sechs Monaten?«

»Ja, Monsieur. Sie arbeiten schon fast ein Jahr hier... Sie sind gut, nicht?«

»O ja...«

Er wartete eine halbe Stunde, bis die Musik eine

Pause machte. Drei der Musiker blieben an ihrem Platz, wo sie sich Zigaretten anzündeten. Einer steuerte die Bar an, und ein weiterer ging zur Tür. Es war der Gitarrist. Bob folgte ihm auf das Trottoir, wo der Mann Luft schöpfte.

Er hatte einige blonde Barthärchen, nicht viele, und wirkte sehr jung, beinahe kindlich.

»Zigarette?«

Der Gitarrist nahm eine.

»Danke.«

»Kommen oft Frauen allein in dieses Lokal?«

»Selten. Und nie Professionelle. Der Chef mag das nicht. Komisch, aber er ist sehr prüde auf seine Weise ...«

»Ich möchte gern wissen, ob Sie dieses Gesicht wiedererkennen.«

Er zeigte ihm die Fotografie von Odile, die sein Gefährte unter einer Gaslaterne betrachtete.

Als er ihm das Foto zurückgab, schien er zu zögern.

»Wie stehen Sie zu ihr?«

»Sie ist meine Schwester. Aber Sie brauchen nichts zu befürchten. Sie hat jede Freiheit, und ich bin über die meisten ihrer Abenteuer im Bilde.«

»Sind Sie sicher?«

»Ja.«

»Hat sie Ihnen von mir erzählt?«

»Von Ihnen nicht, aber vom ›Cannibale‹ ... Sie haben mit ihr geschlafen, stimmt's?«

»Ja ...«

»Hat sie Sie als erste angesprochen?«

»Ja ...«

»Das sieht meiner Schwester ähnlich.«

»Sie wollte über das Gitarrespielen reden... Sie spielt selbst auch...«

»Sie hat gespielt, ja... Was hat sie Ihnen sonst noch gesagt?«

»Daß sie in Lausanne wohnt, in einem alten Haus, das noch von ihrem Urgroßvater stammt, und daß sie sich dort tödlich langweilt. Ich habe sie gefragt, warum sie nicht nach Paris zieht, und sie hat geantwortet, daß sie weder Geld noch einen Beruf hat...

›Ich könnte allenfalls als Verkäuferin in einem Kaufhaus arbeiten‹, hat sie geseufzt...«

»Ist sie bis zum Schluß geblieben?«

»Ja.«

»Und sie ist mit zu Ihnen nach Hause gegangen?«

Odile hätte nicht gewagt, jemanden ins ›Hôtel Mercator‹ mitzunehmen.

»Sofern man es ein Zuhause nennen kann. Es ist nicht mehr als ein kleines, schlecht möbliertes und höchst ungastliches Zimmer in einer Pension in der Rue Mouffetard.«

»Sie ist Ihnen nachgelaufen...«

»Ja. Wir haben uns nicht nur geliebt. Sie hat viel geredet. Allerdings hatte sie zwei, drei Gläser getrunken...«

»Worüber hat sie geredet?«

»Über sich. Sie beneidete mich, weil ich einen Beruf habe, auch wenn's wenig einbringt. Sie bedauerte, daß sie das Gitarrespielen aufgegeben hat.

›Das ist mit allem so‹, seufzte sie. ›Da fange ich voller Elan etwas an, und es sieht aus, als wäre ich endlich gerettet, als hätte ich meinen Weg gefunden. Einen Monat oder sechs Monate später ist es aus und vorbei, und ich zappele wieder im Nichts. Ich finde mich selbst zum Kotzen ...‹«

»Ich kenne sie. Bei mir hat sie sich auch schon oft ausgeweint ...«

»Wissen Sie, es geht ihr eigentlich gar nicht darum, Liebe zu machen.«

»Den Verdacht habe ich schon immer gehabt.«

»Sie will, daß ihr Partner durch sie Vergnügen hat, sie selbst aber hat keins ... Ich muß jetzt runter. In einer halben Stunde ist wieder Pause ...«

Bob ging an seinen Tisch zurück und bestellte ein zweites Glas Scotch.

»Sind Sie noch nie hiergewesen?« fragte der Patron.

»Nein. Meine Schwester ist mehrmals hiergewesen, vor einiger Zeit ...«

Er zeigte ihm das Foto, und der Mann mit dem skandinavischen Akzent erkannte sie wieder.

»Hübsches Mädchen, saß immer dort links, neben dem Orchester, stundenlang. Sie ging erst, wenn wir den Laden dichtmachten ... Wie alt ist sie eigentlich?«

»Als Sie sie kennengelernt haben, war sie noch keine achtzehn.«

»Ist sie nicht mit Ihnen nach Paris gekommen?«

»Nein. Sie ist allein hergekommen, und ich suche sie.«

Der Patron sah unwillkürlich zum Gitarristen, und Bob beeilte sich zu sagen:

»Ich weiß Bescheid, ich habe gerade mit ihm gesprochen, draußen auf dem Trottoir ...«

»Weiß er nichts?«

»Er hat sie noch nicht gesehen. Sie muß gestern abend angekommen sein.«

»Ich habe sie auch nicht gesehen... Sie scheinen beunruhigt.«

»Das bin ich. Als sie von zu Hause weggegangen ist, war sie sehr deprimiert... In einem Brief, den sie für mich hinterlassen hat, sprach sie davon, Schluß zu machen...«

»In diesem Fall besteht keine große Chance, daß sie hierherkommt...«

»Ja... Hat sie Ihnen nicht ihr Herz ausgeschüttet?«

»Nein. Ich habe mich damit begnügt, sie zweimal zum Tanzen aufzufordern, und beide Male hat sie angenommen...«

Eine halbe Stunde später setzte sich der Gitarrist zu ihm an den Tisch.

»Scotch?«

»Nein, Bier. Mir ist heiß... Ein Bier, Lucienne.«

»Und noch einen Whisky.«

»Hat der Chef Ihnen etwas Interessantes sagen können?«

»Nein. Er hat mit ihr getanzt, aber kaum ein Wort mit ihr gesprochen... Glauben Sie, daß er mit ihr geschlafen hat?«

»Nein. Das ist nicht seine Art. Und außerdem würde Lucienne es ihm nicht erlauben... Die beiden sind schon über ein Jahr zusammen...«

»Erinnern Sie sich an nichts, irgendeine beiläufige Bemerkung vielleicht, die mich auf die Spur meiner Schwester bringen könnte?«

»Sie möchten sie nach Lausanne zurückbringen?«

»Nicht unbedingt... Ich bin mir nicht mal sicher, ob ich es meinen Eltern sagen würde, wenn ich sie wiederfände... Ich suche sie, um sie daran zu hindern, eine unwiderrufliche Dummheit zu machen...«

»Sie ist ein hochintelligentes Mädchen und sehr selbstkritisch.«

»Ich weiß...«

»Sie macht es sich selber schwer... Sie ist dreimal nacheinander hiergewesen...«

»An allen drei Abenden sind Sie mit ihr in der Rue Mouffetard gewesen...«

»Ich konnte ja nicht mit in ihr Hotel kommen, ein Hotel mit einem komischen Namen...«

»›Mercator‹.«

»Ja. Die ganze Familie soll dort absteigen, und sie hat schon als kleines Mädchen dort gewohnt.«

»Stimmt.«

»Sie ist zugleich sehr schwierig und sehr einfach. Ziemlich naiv. Sie kannte mich überhaupt nicht und hat mir gleich am ersten Abend Dinge anvertraut, die man nur einem alten Freund erzählt... In der zweiten Nacht bat sie mich, die Gitarre mitzunehmen. Sie hat sich nackt aufs Bett gelegt und wollte, daß ich für sie ganz allein spiele... Daran sieht man, daß sie eine romantische Ader hat, oder?«

Bob gab keine Antwort. Er dachte nach, versuchte die Auskünfte einzuordnen, die er auf diese Weise erhalten hatte.

»Auf Ihr Wohl.«

»Auf das Ihre.«

»Hat sie Ihnen nichts von einem Freund, einer Freundin gesagt, die sie in Paris hat?«

»Sie hat von einem Freund gesprochen, der aber eher Ihrer ist...«

»Lucien Denge?«

»Seinen Namen kenne ich nicht. Ich weiß nur, daß er in der Filmbranche tätig ist...«

»Ja, stimmt.«

»Hat sie mit ihm auch geschlafen?«

»Das hat sie mir nicht gesagt. Sie hat mir auch von einer Freundin erzählt, die Kunstgeschichte studiert.«

»Émilienne?«

»Möglich, daß dies der Name ist, den sie mir genannt hat...«

Und ein wenig verlegen setzte der Musiker hinzu:

»Ich möchte mich entschuldigen für das, was vorgefallen ist... Ich schwöre Ihnen, ich habe es gar nicht im Sinn gehabt... Ich will ihr nicht die Schuld zuschieben, aber ich war selbst am meisten überrascht... Ich muß wieder an die Arbeit... Danke für das Bier.«

Er streckte die Hand aus.

»Christian Vermeulen... Ich komme aus Roubaix. Ich habe auch alles aufgegeben, um nach Paris zu kommen.« Sein Lächeln war offen, ein wenig schüchtern. »Ich hoffe, wir sehen uns wieder... Und ich wünsche Ihnen, daß Sie sie finden. Falls sie hierher oder zu mir kommen sollte, rufe ich Sie an... ›Hôtel Mercator‹, sagten Sie...«

»Ja, Rue Gay-Lussac.«

Bob rief Lucienne, um seine Getränke zu bezahlen. An der Tür drückte ihm der Patron die Hand.

»Viel Glück.«

Niemand machte sich über ihn lustig, und die Leute hier hatten Odile jedenfalls in guter Erinnerung.

Zu Fuß ging er zum Hotel zurück. Ja, das Bild, das er sich von seiner Schwester machte, wurde immer präziser. Er wurde sich bewußt, daß er sie nicht wirklich kannte. Und doch verstanden sie beide sich gut. War es denn unmöglich, jemanden aus der eigenen Familie wirklich gut zu kennen?

Er versuchte sie sich nackt auf dem Bett in der Rue Mouffetard vorzustellen, wie sie sich auf der Gitarre vorspielen ließ und mit zur Decke gerichtetem Blick zuhörte.

Es war ihm nicht unbekannt, daß sie eine ganze Reihe Liebhaber gehabt hatte, und er hatte sie im Verdacht, frigide zu sein.

Wonach sie sich sehnte, war reden, mit jemandem reden, den sie nicht kannte und der ihr seine ganze Aufmerksamkeit schenkte.

Sie hatte kein Selbstvertrauen. Oder vielmehr kam es auf den jeweiligen Augenblick an; manchmal hatte sie zuviel davon und hielt sich für etwas Besseres. Was sie brauchte und suchte, war eine Möglichkeit, aus sich herauszugehen, ihre Persönlichkeit zu behaupten, zu beweisen, daß sie ein außergewöhnliches junges Mädchen war.

Danach kam der Anfall von Selbsterniedrigung, so wie an dem Tag, als sie den Brief schrieb, den sie ihm geschickt hatte. In seinem Zimmer las er ihn noch einmal. Er machte ihn betroffener als das erste Mal, wegen dem, was ihm der Musiker erzählt hatte.

Um ihn herum gab es fünf Millionen Menschen, und er suchte einen einzigen davon, ein junges Mädchen, das gar nicht gefunden werden wollte, das vielleicht schon tot war.

Warum wollte sie nicht, daß man ihre Leiche fand? War das nicht eine Art Herausforderung? Wie wollte sie das bloß anstellen?

Am Ende schlief er ein. Als er am hellichten Vormittag erwachte, lag ein leichter, gelblicher Dunst über der Stadt. Er war gerade dabei, sich zu rasieren, als das Telefon klingelte.

In der Hoffnung auf Gott weiß was, stürzte er an den Apparat, doch am anderen Ende der Leitung war nur sein Vater.

»Du hast nichts Neues, nehme ich an?«

»Nein. Aber ich weiß, wo sie beim letzten Mal drei Abende nacheinander gesteckt hat.«

»Wo?«

»In einem Lokal am Boulevard Saint-Germain.«

»Allein?«

»Sie ist allein hingegangen und hat dort mit einem der Musiker Bekanntschaft geschlossen.«

»Ich ahne schon, was jetzt kommt.«

»Ja.«

»Weiß er nichts?«

»Nein... Er hat viel über sie gesprochen... Der Inhaber des Lokals ebenso.«

»Was wirst du tun?«

»Weiter die Leute ausfragen... Da sind noch zwei, drei Personen, die sie in Paris kennt. Vielleicht hat sie sich bei ihnen gemeldet.«

»Wenn's bloß so wäre... Halte mich auf dem laufenden... Heute morgen war ich außerstande zu arbeiten... Ich sitze allein in meiner Mansarde und quäle mich...«

»Bis bald.«

»Bis bald... Am besten mit guten Nachrichten...«

Bob war überrascht. Auf einmal entdeckte er einen Vater, der ganz anders war als das Bild, das er sich immer von ihm gemacht hatte. Ihm fiel ein, was seine Schwester mehrmals zu ihm gesagt hatte: »Papa ist ein alter Egoist, der nur an seine Arbeit und an seinen Rotwein denkt. Und Mama guckt nur in sich selbst hinein.«

Nun hatte sein Vater ihn angerufen, dazu hatte er in den Salon hinuntergehen müssen, denn dort stand das einzige Telefon im Haus. X-mal schon hatte er davon gesprochen, einen Apparat in seinem Büro installieren zu lassen, es dann aber doch bleibenlassen.

Man merkte ihm an, daß er sehr besorgt und niedergeschlagen war.

Ein alter Mann war er nur für Odile, wegen ihres eigenen jugendlichen Alters. In Wirklichkeit war er gerade eben fünfzig geworden und noch im Vollbesitz seiner Kräfte.

Die Adresse von Émilienne, die eher die Freundin seiner Schwester als die seine war, hatte er nicht. Er begab sich zur Sorbonne, wo er im Sekretariat vorsprach. Es war keine leichte Aufgabe. Die Angestellten, an die er sich zuerst wandte, wußten nicht Bescheid.

»Was studiert sie?«

»Kunstgeschichte ...«

»Fragen Sie im Büro einundzwanzig nach ...«

Im Büro einundzwanzig sah man ihn mißtrauisch an.

»Ist sie eine Verwandte von Ihnen?«

»Nein. Sie ist eine Freundin meiner Schwester.«

»Und wozu wollen Sie ihre Adresse?«

»Damit sie mir hilft, meine Schwester wiederzufinden.«

»Ist sie verschwunden?«

»Ja.«

»Freiwillig?«

»Ja.«

»Wie alt ist sie?«

»Achtzehn ...«

»Woher sind Sie?«

»Aus Lausanne.«

»Und Ihre Schwester ist von zu Hause weggegangen, um nach Paris zu kommen. Ist sie schon einmal hiergewesen?«

»Mehrmals, aber mit Einwilligung meiner Eltern.«

»Mal sehen, was ich für Sie tun kann.«

Er ging in ein anderes Büro hinüber, dessen Tür offenstand, aber er sprach leise, und Bob verstand nicht, was er sagte. Als er nach einer ganzen Weile zurückkam, sagte er:

»Augenblick!«

Er öffnete einen metallenen Aktenschrank voller rosafarbener Karteikarten und griff schließlich eine davon heraus.

»Émilienne Lhote, Avenue de la Sallaz?«

»Ja.«

»Ihre Anschrift in Paris ist ›Hôtel de la Néva‹, Rue des Écoles...«

»Ich danke Ihnen... Wissen Sie, wann sie aus der Vorlesung kommt?«

»Das ist wirklich zuviel verlangt...«

Das Hotel war in Wirklichkeit eine Familienpension im Hof eines Gebäudes, das einmal ein weitläufiges Stadtpalais gewesen sein mußte. Die Mauern waren weiß getüncht, und es gab grüne Fensterläden wie auf dem Land. Eine Bank zu jeder Seite der Haustür machte die Illusion komplett.

Als Bob in die Rue des Écoles einbog, lag das Haus in der prallen Sonne, und die Tür war auf; ein dralles Mädchen in einem recht offenherzigen Kleid kniete im Flur und schrubbte die Steinfliesen.

»Ist Mademoiselle Lhote zu Hause?«

»Wie sagten Sie?«

»Mademoiselle Lhote. Émilienne Lhote.«

»Ich kenne Mademoiselle Lhote, aber ich weiß nicht, ob sie droben ist. Sie hat nicht jeden Tag den gleichen Stundenplan. Ich rufe mal die Chefin...«

Diese kam, sich die Hände an ihrer kleinkarierten Schürze abtrocknend, vom Ende des Ganges.

»Mademoiselle Lhote möchten Sie sprechen?«

»Ja.«

»Sie ist im Augenblick nicht da. Ich biete meinen Pensionsgästen Frühstück an und dann um acht Uhr das Abendessen. Mittags essen sie irgendeine Kleinigkeit in dem Viertel, in dem sie gerade zu tun haben. Sind Sie ein Verwandter von ihr?«

»Nein. Meine Schwester und ich sind mit ihr in Lausanne zur Schule gegangen, und wir haben uns angefreundet...«

Gedrungen und korpulent wie sie war, erinnerte sie ihn an Mathilde, bloß zehn Jahre jünger.

»Sie wissen nicht zufällig, wann ich sie am ehesten antreffe?«

»Meistens kommt sie ziemlich früh zurück, um halb sieben oder sieben...«

»Dann komme ich gegen sieben wieder. Sie wissen nicht, ob sie gestern im Lauf des Tages Besuch von einem jungen Mädchen bekommen hat?«

»Ich habe niemanden gesehen, aber es kann sein, daß ich gerade in meiner Küche war.«

»Ich danke Ihnen.«

Er stakste vorsichtig durch das Seifenwasser, das die ganze Diele überschwemmt hatte, und fand sich alsbald auf der Straße wieder. Er würde auf gut Glück wiederkommen. Er wußte, daß seine Schwester irgendwann mit Émilienne verkracht gewesen war, aber später hatten sie sich wieder versöhnt. Odile war mit allen in der Klasse und mit allen ihren Freundinnen verkracht gewesen.

Bob hatte nie so leidenschaftliche Freundschaften. Er vergaffte sich nie in jemanden. Während der Jahre auf dem Collège und später auf dem Gymnasium hatte er einige Kumpels gehabt, doch außerhalb der Schule sah er sie kaum. Die Freundinnen seiner Schwester kannte er besser, weil sie ins Haus kamen und mit ihr Musik machten. Mit einigen hatte er geflirtet, obwohl sie viel jünger waren als er. Er erinnerte sich nicht, mit Émilienne geflirtet zu haben, einer dünnen, knochigen Bohnenstange mit einer zu langen Nase.

Er ging zu Fuß in Richtung Rue de Seine und fand das ziemlich schäbige Hotel, in dem Lucien Denge wohnte. Links der Tür befand sich das traditionelle Schild aus falschem Marmor, das verkündete:

Pension
Zimmer tageweise,
wochenweise und monatsweise

In der Diele gab es ein Schiebefenster zu einer Art Pförtnersloge, in der ein Rollschreibtisch, ein Schlüsselbrett und ein durchgesessener Armstuhl zu sehen waren. Eine ungeheuer dicke Frau mit nackten, geschwollenen Beinen, die Füße in roten Pantoffeln, las Zeitung.

»Pardon, Madame. Zu Monsieur Denge, bitte.«

»Der ist nicht da.«

»Aber er wohnt noch bei Ihnen?«

»Das will ich meinen. Ein so billiges Zimmer mit fließend Wasser findet er woanders nicht so schnell.«

»Sie wissen nicht, wann er zurückkommt?«

»Zur Zeit dreht er irgendwo in der Umgebung von Paris oder in einem Vorort. Sie machen Außenaufnahmen, sagt er. Da haben sie keine festen Zeiten.«

»Ißt er abends hier?«

»Nein. Gewöhnlich ißt er in einer kleinen Kneipe in der Rue de Buci. Aber wenn er dreht, ißt er meistens mit der Crew.«

»Wann treffe ich ihn am ehesten zu Hause an?«

»Weiß nicht... Frühestens gegen zehn... Wenn er

einen gehoben hat, kann es auch Mitternacht werden...«

»Ich danke Ihnen...«

»Sie kommen doch nicht im Auftrag seiner Eltern?«

»Warum? Hat er was gegen sie?«

»Er fürchtet ständig, daß sie ihn holen kommen. Wenn er auch volljährig ist, vor seiner Mutter hat er eine Heidenangst. Sie muß eine gräßliche Fuchtel sein...«

Die Denges wohnten im Quartier du Tunnel. Er hatte vier viel jüngere Schwestern, die alle aufs Collège gingen. Der Vater war Kassenverwalter bei der Société de Banque Suisse. Bob hatte ihn einmal gesehen. Er wirkte sympathisch, wenn auch etwas steif. Die Mutter hatte er nie zu Gesicht bekommen.

Er gab sich bis morgen Zeit, um die Polizei zu alarmieren. Er wußte, daß es einen Familiensuchdienst gab. Da er gerade an einem Kommissariat vorbeikam, trat er ein und wartete, die Ellenbogen auf eine Art Theke gestützt, bis er an die Reihe kam. Er war überrascht über die hellen, sauberen Räume und die frisch getünchten Wände.

»Haben Sie eine Vorladung?«

»Nein. Ich hätte gern eine Auskunft. An welche Dienststelle wendet man sich, wenn ein Mensch verschwunden ist?«

»Ist es jemand aus Ihrer Familie?«

»Meine Schwester.«

»Ist sie noch nicht volljährig?«

»Nein. Sie ist achtzehn.«

»Seit wann ist sie verschwunden?«

»Seit zwei Tagen.«

»Vielleicht wollte sie nur ausreißen.«

»Das ist noch nie vorgekommen.«

»Na, ich bin dafür jedenfalls nicht zuständig. Sie finden den Familiensuchdienst in der Rue des Ursins 11 im 4. Arrondissement. Es ist im selben Gebäude wie die Gesundheitsbehörde. Fragen Sie nach Büro 4 …«

Er brauchte nur die Seine zu überqueren. Es war nahe dem Quai aux Fleurs, aber er wagte noch nicht, die Polizeiaktion in Gang zu setzen. Er wollte lieber zuerst alles versuchen, was in seiner Macht stand, und dann mit seinem Vater telefonieren.

Er verbrachte eine Stunde mit Zeitunglesen auf einer Caféterrasse am Boulevard Saint-Germain, denn die Luft war noch sehr mild. Dann lief er planlos umher und trat schließlich in ein Kino, nur um irgend etwas zu tun.

Als er kurz vor sieben wieder in der Familienpension vorsprach, fragte ihn die Frau:

»Wie heißen Sie?«

»Bob … Bob Pointet …«

»Warten Sie hier …«

Und ihre Röcke raffend, stieg sie die Treppe hinauf. Als sie zurückkam, verkündete sie:

»Sie kommt gleich herunter … Kommen Sie mit …«

Sie durchquerten einen Speisesaal, wo an einem runden Tisch für ein halbes Dutzend Leute gedeckt war, und traten in ein Wohnzimmer, in dem es beinahe ländlich roch, nach Ragout jedenfalls.

Er wurde nicht gerade mit offenen Armen empfangen. Als Émilienne hereinkam, traf ihn ein neugieriger, kühler Blick.

»Du hast nach mir gefragt?«

»Ja. Du warst eine Freundin von Odile.«

»Du weißt ganz genau, daß Odile keine Freundinnen hat.«

»Hast du sie nicht vor kurzem gesehen?«

»Das letzte Mal bin ich ihr vor mehr als einem Jahr begegnet, in der Rue du Bourg.«

»Hier in Paris hat sie nicht versucht, dich zu treffen?«

»Wenn sie hier vorbeigekommen wäre, hätte man es mir gesagt... Heißt das etwa, daß sie verschwunden ist?«

»Ja.«

»Hast du eine Zigarette?«

Er hielt ihr auch ein Streichholz hin, rauchte selbst eine, setzte sich in einen der grünen Ripssessel.

Sie nahm ihm gegenüber Platz.

»Wann ist es passiert?«

»Vor zwei Tagen.«

»Bist du sicher, daß sie in Paris ist?«

»Wo sonst?«

»Du wirst sehen, über kurz oder lang kommt sie wieder nach Hause. Sie wird sich nur wieder einmal interessant machen wollen. Sie konnte sich nie damit abfinden, daß sie ein ganz gewöhnliches Mädchen ist...«

»Ich weiß. Aber ich bin deswegen nicht weniger beunruhigt. Sie ist verzweifelt. Sie denkt nur noch ans Sterben...«

»Also hör mal, Bob. Versuch die Dinge doch etwas nüchterner zu sehen. Wenn sie verzweifelt genug ist, um Selbstmord zu begehen, dann gibt es keinen Grund, weshalb sie dazu nach Paris kommen sollte. In Lausanne hat sie genauso viele Möglichkeiten wie hier.«

»Sie will nicht, daß sie gefunden wird, daß ihre Leiche gefunden wird...«

»Und wie will sie das anstellen? Sich selbst begraben? Wenn sie sich in die Seine stürzt, wird ihre Leiche früher oder später wieder auftauchen...«

»Dann ist sie vielleicht bis zur Unkenntlichkeit entstellt.«

»Außerdem, warum sollte sie zu mir kommen? Um mir ihre Entscheidung mitzuteilen und ihre Identifizierung noch zu erleichtern? Und noch etwas. Du siehst, ich spreche ganz offen mit dir. Diese Geschichte, daß sie nicht gefunden werden will, das ist wieder mal typisch Odile. Sie weiß, daß man sie erkennen wird, daß man ihr ein Begräbnis bereiten wird, bei dem alle zugegen sein werden, die sie kennen.«

Er seufzte.

»Vielleicht hast du recht.«

»Weißt du, sie hat sich immer gern selbst das Leben schwergemacht. Kurz nach ihrem fünfzehnten Geburtstag flüsterte sie jeder im Vertrauen zu, sie sei nicht mehr Jungfrau.

›Und du‹, fragte sie, ›bist du es noch?‹

Und wenn man bejahte, sah sie einen gleichzeitig verwundert und mitleidig an, als litten wir an einem Gebrechen.

›Es war keiner vom Collège, sondern ein Mann... Mit Schulkameraden schlafe ich nicht...‹

Über ein Jahr hat sie uns mit ihrer verlorenen Jungfräulichkeit die Ohren vollgequatscht. Alle Welt wußte es, auch die Jungen in der Klasse, die ihr interessiert nachschauten.

Das war auch die Zeit, als sie anfing, die zwei jüngsten Lehrer zu duzen. Ich weiß nicht, ob zwischen ihnen etwas war. Ich glaube nicht. Sie ging gelegentlich in das kleine Restaurant in der Nähe vom Béthusy-Collège, wo sie zu Mittag aßen, und bestellte sich einen Fruchtsaft und ein Sandwich. Manchmal setzte sie sich zu ihnen an den Tisch und rauchte ungeniert vor ihren Augen, obwohl es gegen die Schulordnung war...«

»Das weiß ich alles, Émilienne...«

»Warum fragst du mich dann aus?«

»Weil ich sie wiederfinden will... Natürlich hat sie ihre Fehler. Das ist aber kein Grund, sie eine nicht wiedergutzumachende Dummheit begehen zu lassen.«

»Das ist es doch gerade, was ich dir begreiflich machen will. Sie spielt eine Rolle. Sie hat immer irgendeine Rolle gespielt. Als sie erfuhr, daß ich nach Vevey auf die Kunstgewerbeschule gehen würde, wollte sie das auch, dabei hatte sie nie im Leben einen Pinsel in der Hand gehabt. Nach zwei Monaten gab sie wieder auf. Man mußte in aller Herrgottsfrühe den Zug nehmen und ernsthaft arbeiten, ohne dabei ständig zu rauchen...«

Alles, was Émilienne sagte, stimmte. Ja, seine Schwester war genauso, wie Émilienne sie schilderte, aber sie tat es ohne jedes Gefühl, und das Bild, das auf diese Weise entstand, war im Grunde doch nicht ähnlich.

Zwischen den beiden Frauen gab es nicht die geringste Sympathie.

»Tja! Danke, daß du mir deine Zeit geopfert hast.«

»Was wirst du tun?«

»Weitersuchen.«

»So viele Leute kannte sie in Paris auch wieder nicht... Wie oft ist sie hiergewesen?«

»Allein nur vier-, fünfmal und immer bloß für ein paar Tage. Als wir klein waren, haben uns unsere Eltern zweimal zu einer Parisfahrt eingeladen und uns die Stadt gezeigt...«

»Du bist in Ordnung, Bob. Mach's gut und viel Glück!«

Als er wieder draußen war, erfaßte ihn ein gewisses Unbehagen. Er machte sich keinerlei Illusionen über den Charakter seiner Schwester, aber hier hatte man sie ihm innerhalb von wenigen Minuten in den Schmutz gezogen. Das Bild, das Émilienne von ihr gezeichnet hatte, stimmte in den groben Zügen und war doch falsch, denn es fehlte ihm eine Schwingung, die bei Odile immer zu spüren war, ihr Lebenshunger, ihre Kompromißlosigkeit.

Er hatte Mühe, sich darüber klarzuwerden, was er von ihr hielt. War sie nicht viel mehr wert als ein Mädchen wie Émilienne? Und als die meisten ihrer Freundinnen, die die Eltern als Vorbild hinstellten?

Irgend etwas, eine innere Kraft, trieb sie, bis zum Äußersten zu gehen, ohne sich darum zu kümmern, was die andern von ihr dachten. Am besten hatte sie noch der Gitarrist verstanden.

Bob ging gemächlich in Richtung Rue de la Seine,

trat auf gut Glück ins ›Hôtel des Rapins‹, wo die dicke Hauswirtin in der Küche beschäftigt war.

»Ist mein Freund zurückgekommen?«

»Vor zehn Minuten. Sie haben Glück. Sie haben an einem Quai bei Corbeil gedreht, und er ist in die Seine gefallen... Er zieht sich gerade um, sofern er etwas zum Wechseln hat...«

»Welche Etage?«

»Zimmer 31, dritter Stock...«

Die Zimmer dort oben mußten die billigsten sein, denn im zweiten Stock hörte der Treppenläufer auf. Er klopfte an die Tür.

»Wer ist da?«

»Bob...«

»Bob Pointet?«

»Ja.«

»Augenblick... Ich zieh mir nur eben eine Hose an.«

Wenig später öffnete er. Die Kleider lagen zusammengeknüllt mitten in dem nicht sehr großen Zimmer am Boden, und um sie herum hatte sich eine Pfütze gebildet.

Lucien Denge schlüpfte in ein gelbes Polohemd.

»Dieser Idiot von Toningenieur hat mich ins Wasser geschubst, als er ohne Vorwarnung rückwärts ging... Ich mußte ein Taxi nehmen, denn wir haben keinen Wagen zur Verfügung... Es ist ein Low-Budget-Film, der fast ausschließlich aus Außenaufnahmen besteht...«

»Macht's Spaß?«

»Abgesehen von meinem unfreiwilligen Bad, ja. Ich

bin jetzt zweiter Regieassistent. Das ist ein Fortschritt. Bis letzten Monat war ich nur Praktikant...«

»Rechnest du damit, Regisseur zu werden?«

»Und ob ich damit rechne!«

Er war ein merkwürdig gebauter, kleinwüchsiger Kerl, der beim Gehen die Füße nach außen drehte. Sein Gesicht war wie aus Gummi, und er schnitt in einem fort Grimassen.

»Ißt du einen Happen mit mir?«

»Unter der Bedingung, daß jeder selbst bezahlt...«

»Einverstanden...«

»Was verschafft mir das Vergnügen?«

»Das sage ich dir später.«

Lucien zog sich Socken an und schlüpfte in schwarze Espadrilles.

»Komm. Ein paar Schritte von hier gibt es ein nettes Bistro.«

Es war ein echtes Bistro, das wohl nur von Stammgästen besucht wurde, denn es war ganz unauffällig. Es gab kein Resopal. Die Tische waren noch aus Holz, der Tresen aus Zinn, der Wirt in Hemdsärmeln und blauer Schürze.

»Bonsoir, Monsieur Lucien. Was darf's sein?«

»Ein Picon Grenadine...«

»Und bei Ihnen, Monsieur?«

»Ein Glas Wein.«

»Beaujolais? Den kann ich Ihnen empfehlen. Er ist von meinem Schwager aus dem Midi.«

Bob warf einen Blick auf die Schiefertafel, auf der das Menu angeschrieben war. Muscheln im Zwiebelsud. Kalbsragout. Käse. Apfelkuchen.

Mit ihren Gläsern setzten sie sich an einen der Tische, und ein großgewachsenes junges Mädchen in schwarzem Kleid mit weißer Schürze kam aus der Küche und steuerte auf sie zu.

»Bleiben Sie mit Ihrem Freund zum Essen, Monsieur Lucien?«

»Ja.«

»Soll ich Ihnen das Menu servieren?«

»Ißt du Muscheln?« fragte er Bob.

»Sehr gern.«

»Also das Menu, Léontine...«

»Sie wissen genau, daß ich nicht Léontine heiße.«

»Ich finde, das paßt gut zu Ihnen. Ihre Eltern hätten Sie Léontine nennen sollen.«

Er zwinkerte Bob zu und gab der Serviererin einen Klaps auf den Hintern.

»Schämen Sie sich nicht?«

»Überhaupt nicht.«

»Was denkt denn da Ihr Freund?«

»Daß wir beide gut miteinander auskommen und daß Sie Spaß verstehen.«

Als sie gegangen war, fragte er in weniger forschem Ton: »Also, was gibt's?«

»Du hast wohl nicht zufällig meine Schwester gesehen?«

»Wann?«

»Gestern zum Beispiel oder vorgestern abend...«

»Es ist mindestens drei Monate her, seit ich sie zum letztenmal gesehen habe... Sie muß jetzt ja ein verdammt hübsches Mädchen sein. Früher war sie ein bißchen mager und hatte keinen Busen.«

»Jetzt hat sie einen.«

»Eine ulkige Nummer... Sie sollte zum Film gehen.«

»Wieso denn das?«

»Du kennst sie besser als ich, du bist ihr Bruder... Aber ich habe sie lange Zeit beobachtet... Sie beschließt plötzlich, eine bestimmte Figur zu sein, und man könnte schwören, daß sie nicht Theater spielt, sondern wie von selbst zu dieser Person wird... Und so ist es auch, glaube ich... Wenn sie die Rolle leid ist oder die Leute damit nicht mehr verblüffen kann, schlüpft sie in eine andere Haut...«

»Damit triffst du's wohl ziemlich genau...«

»Deswegen habe ich vom Kino gesprochen. Da hätte sie die Möglichkeit, mit jedem Film eine andere zu werden...«

Er unterbrach sich und wandte sich zur Bedienung, die die Muscheln brachte.

»Eine Flasche Beaujolais, Léontine. Mein Freund sagt, daß er sehr gut ist.«

Dann zu Bob:

»Ist sie in Paris?«

»Sie muß hier sein. Das hat sie in ihrem Brief geschrieben.«

»Ist sie einfach abgehauen, ohne Bescheid zu sagen?«

»Ja. Und sie droht, daß es für immer ist... Ich befrage die paar Leute, die sie in Paris kennt, in der Hoffnung, daß sie einen von ihnen aufgesucht hat...«

»Hat es nichts gebracht?«

»Bis jetzt noch nicht. Morgen gehe ich zum Familiensuchdienst.«

»So ernst ist es?«

»Du hast es gerade eben selbst gesagt. Sie sucht sich eine Rolle aus und wird wirklich und wahrhaftig zu dieser Person.«

»Arme Odile. Im Grunde genommen ist sie ein liebes Mädchen. Ich möchte sogar sagen, daß sie mehr taugt als die meisten ihrer Altersgenossinnen.«

3

Wenn Odile ihren Plan noch nicht ausgeführt hatte, so war sie auch nicht den ganzen Tag und die ganze Nacht in den vier Wänden eines Hotelzimmers geblieben.

Sie mußte ausgegangen sein. Eher abends – und zwar so spät wie möglich! – als am Vormittag oder am Nachmittag.

Für die Lokale an den Champs-Elysées hatte sie überhaupt nichts übrig, die fand sie versnobt, und Montmartre war für sie ein einziger großer Ausländer-Nepp.

In ihren Augen gab es nur das Paris links der Seine, und da vor allem Saint-Germain-des-Prés.

Da er nicht die geringste Spur hatte, machte Bob die Runde durch die mehr oder minder bekannten Lokalitäten. So trat er in von Rauch und dröhnender Musik erfüllte Etablissements, wo die Pärchen im Halbdunkel kaum Platz hatten, die Füße zu bewegen.

»Einen Tisch, Monsieur?«

»Nein, danke ... ich schaue nur eben rein und gehe wieder ...«

Er lehnte sich an die Bar, bestellte irgend etwas. Zuerst besah er sich die Gäste, immer in der Hoffnung, seine Schwester zu erblicken. Dann zog er einmal mehr sein Foto aus der Tasche.

»Sie ist nicht zufällig bei Ihnen gewesen, im Lauf der letzten zwei Nächte?«

Der Barkeeper, der oft zugleich der Inhaber war, betrachtete stirnrunzelnd das Porträt, schüttelte den Kopf.

»Sagt mir nichts. Aber wissen Sie, es kommen so viele vorbei...«

»Wenn sie hier war, ist sie bestimmt bis zum Schluß geblieben, und zu der Zeit haben Sie vermutlich weniger Gäste...«

»Stimmt. Nach und nach lichtet es sich... Nein! Ich bin beinahe sicher, daß ich sie noch nie gesehen habe...«

Angefangen hatte er in der Rue Saint-André-des-Arts. Dann kam die Rue Sainte-Geneviève an die Reihe, die Rue Saint-Jacques, die Rue de la Bucherie. Bei einem seiner Aufenthalte in Paris hatte er schon einmal eine Tour durch die Nachtlokale des Viertels gemacht.

Einige waren verschwunden, neue waren aufgetaucht.

Er bestellte Gin Tonic, nahm einen Schluck, holte das Foto aus seiner Tasche, stellte seine immergleiche Frage. Er fand seine Idee immer weniger gut, je weiter die Nacht vorrückte, und wäre am liebsten schlafen gegangen.

»Eins noch!« nahm er sich vor. »Das ist dann das letzte.«

Vom letzten bis zum allerletzten machte er mehr als zwanzig Lokale durch, eins kleiner und verräucherter als das andere.

Unterwegs fiel ihm ein, was ihm der Gitarrist gesagt hatte: daß er sie in sein Hotelzimmer in der Rue Mouffetard mitgenommen hatte und daß sie, nackt auf dem Bett liegend, zugehört hatte, wie er ihr auf der Gitarre vorspielte.

Das war bei einer früheren Reise gewesen, aber es mußte seiner Schwester lebhaft in Erinnerung geblieben sein. Deshalb schlug Bob die Richtung zu jenem Viertel ein. Das Lokal, in das er eintrat, wiederum mit dem Vorsatz, daß es das letzte sein würde, sah aus wie ein x-beliebiges Bistro mit nicht allzu sauberen Wänden und einer Kundschaft, die überwiegend aus Hippies bestand. Eine Brünette mit fettigem Haar sang zwischen den Tischen, begleitet von einem Gitarristen, der ebenso langhaarig wie sie war.

Von Odile keine Spur. Fast wäre er wieder hinausgegangen, steuerte dann doch die Bar an, wo der Wirt stand, ein Mann von gewaltiger Körperfülle mit einem großen Schnurrbart. Sein Brustkorb war in ein Trikot gezwängt, über dem er kein Hemd trug.

»Einen Rum.«

Er hatte plötzlich Lust auf etwas anderes und hatte die Rumflasche gesehen, die vor ihm stand.

»Wissen Sie, die Sängerin gehört nicht zum Haus ... Hier führen die Gäste ihre eigene Nummer vor ... Manche kommen nur deshalb hierher ... Wenn es nicht allzu schlecht ist, spendiere ich ihnen ein Glas.«

Er musterte Bob und fragte:

»Sind Sie Student?«

»Ja.«

»Habe ich mir's doch gedacht ... Unter meinen Gästen sind kaum Studenten... Viele junge Engländer, auch Skandinavier. Alles mehr oder weniger Hippies, aber sehr liebenswürdig...«

»Haben Sie dieses Mädchen schon einmal gesehen?«

Ohne jede Hoffnung hielt er ihm das Foto hin. Der Patron warf nur einen Blick darauf.

»Wären Sie gestern hiergewesen, hätten Sie sie am dritten Tisch sitzen sehen, dort, wo jetzt zwei Schwarze sitzen...«

»Sind Sie sicher?«

»So sicher, wie ich Sie vor mir sehe.«

»Was hat sie getrunken?«

»Gin Tonic.«

Das war Odiles Lieblingsdrink. Whisky trank sie nur, wenn es keinen Gin gab.

»Wie war sie angezogen?«

»Sie wollen mich prüfen, was?«

»Ich versuche mich zu vergewissern, daß es sich wirklich um sie handelt. War sie allein?«

»Als sie kam, war sie allein, ja.«

»Wie spät war es da?«

»Ungefähr Viertel nach zwölf. Ein Südamerikaner, bestimmt Indio, spielte auf einer komischen Flöte. Wir haben hier ein bunt gemischtes Publikum, und kein Abend ist wie der andere. Als der Musiker aufhörte zu spielen, sah ich, wie sie ihren Platz wechselte und sich zu ihm an den Tisch setzte...«

»Wie war sie angezogen?«

»Braune Hose und gelber Pullover, darüber einen Wildlederblouson...«

Das war die Kleidung, die Odile meistens trug.

»Hat sie viel getrunken?«

»Drei, vier Gläser. Der Indio dagegen trank keinen Alkohol...«

»Sind sie zusammen weggegangen?«

»Ich glaube nicht. Ich hatte keinen Grund, sie genauer zu beobachten als die anderen. Jedenfalls habe ich sie später wieder allein an ihrem Tisch gesehen. Ist es Ihre Freundin?«

»Nein, meine Schwester.«

»Studiert sie auch?«

»Nein...«

»Sind Sie beide schon lange in Paris?«

»Drei Tage. Aber wir sind früher schon hiergewesen...«

»Zusammen?«

»Nein... Wann schließen Sie?«

»Wenn sich der Saal zu leeren beginnt. Meistens zwischen zwei und drei Uhr morgens...«

»Ich werde warten, auf gut Glück...«

Er setzte sich in eine Ecke. Der Kopf drehte sich ihm ein wenig, denn auf seiner Tour hatte er mehr getrunken, als er wollte.

»Könnte ich einen sehr starken Kaffee haben?« fragte er die Bedienung.

»Ich sehe mal in der Küche nach, ob die Kaffeemaschine noch eingeschaltet ist...«

Bald darauf brachte sie ihm einen Espresso, dick wie Suppe. Die singende Frau war gegangen. Eine Gruppe von fünf Touristen kam herein, musterte die Gäste an den Tischen und trat den Rückzug an. Es war ihnen nicht originell genug.

Er hatte sich also nicht getäuscht. Odile war letzte Nacht ausgegangen, aber ihren Gitarristen hatte sie nicht aufgesucht. Sie wollte jemand neues kennenlernen. Hatte sie genau wie er die Runde durch eine Reihe von Nachtlokalen gemacht?

Bob sah schon nicht mehr ganz klar. Wieso nur wollte Odile, daß man ihre Leiche nicht fand oder zumindest nicht identifizieren konnte? Das war eine absurde Idee, und er konnte sich nicht vorstellen, wie sie das machen wollte.

Wenn sie sich in die Seine stürzte... Aber sie war eine gute Schwimmerin, und da ertrinkt man nicht so schnell... Und wenn sie nicht gerade an einer Schiffsschraube hängenblieb, würde ihre Leiche nach ein paar Tagen auf dem Wasser treiben...

Einen Revolver hatte sie nicht... Oder etwa doch?... Beinahe hätte er auf der Stelle seinen Vater angerufen, aber von seinem Zimmer aus würde er das Telefon im Salon nicht klingeln hören... Denn es gab zu Hause tatsächlich einen Revolver... Er mußte schon seit Jahren dasein, und Albert Pointet bewahrte ihn in einer Schublade seines Schreibtischs auf, an dem ihn doch ganz gewiß am hellichten Tag keiner überfallen würde...

Er mußte so schnell wie möglich erfahren, ob die Waffe verschwunden war. Er würde gegen sechs Uhr morgens anrufen, wenn sein Vater ganz allein seine große Tasse Kaffee trank, bevor er seinen Spaziergang machte.

Jedesmal, wenn die Tür aufging, schöpfte er Hoffnung. Der Gitarrist spielte noch einmal, ganz allein, wie für sich selbst, den Kopf leicht schräggestellt. Ein Teil der Gäste hörte zu. Er spielte nicht schlecht.

Seufzend bezahlte er, denn die Kundschaft lichtete sich. Er war nahe daran, in sein Hotel in der Rue Gay-Lussac zurückzukehren, dann aber zog es ihn doch noch zu der Kneipe, in der er am Vorabend gewesen war.

Odile war nicht da. Es waren nur noch fünf oder sechs Leute da, und die kleine Band spielte lustlos. Der Patron kam auf ihn zu und drückte ihm die Hand.

»Haben Sie nichts herausgefunden?«

»Ich weiß, wo sie letzte Nacht war...«

Bald gesellte sich auch der Gitarrist hinzu.

»Ist sie nicht gekommen?«

»Nein. Haben Sie nichts Neues?«

»Sie ist am Leben. Jedenfalls war sie es letzte Nacht noch. Sie ist in einer Kneipe in der Rue Mouffetard gewesen... ›As-de-Cœur‹ heißt sie...«

»Kenne ich. Sie haben nur Amateure, aber es ist recht nett dort. Ist sie allein weggegangen?«

»Der Patron meint ja.«

»Mir ist ein Satz eingefallen, den sie mir gesagt hat, als sie das letzte Mal in Paris war.

›Es gibt Leute, die mit sich selbst zufrieden sind. Ich beneide sie. Ich dagegen hasse mich. Ich habe mich immer verabscheut, solange ich zurückdenken kann.‹«

»Erinnern Sie sich, was sie getrunken hat?«

»Gin Tonic...«

Bob spürte allmählich die Müdigkeit und die vielen kleinen Schnäpse. Er legte sich unverzüglich schlafen, nachdem er den Wecker auf sechs Uhr gestellt hatte. Er würde seinen Vater anrufen, der um diese Zeit im Erdgeschoß war, und dann weiterschlafen.

Im Handumdrehen war es Morgen, und am leicht dunstigen Himmel stieg die Sonne empor. Auf der Straße fuhren Lastwagen vorbei. Er hatte einen Kater und war nicht sehr zufrieden mit sich.

Er rief in Lausanne an. Am anderen Ende der Leitung klingelte es lange, bevor jemand abnahm. Es war sein Vater.

»Wer ist dort? Bist du's, Bob? Hast du sie gefunden?«

»Nein, aber vorgestern war sie noch gesund und munter ... Sie scheint sich in den kleinen Nachtlokalen in Saint-Germain-des-Prés herumzutreiben.«

»Allein?«

»Sieht so aus. Aber das ist nicht der Grund, weshalb ich anrufe. Kannst du mir sagen, ob du deinen Revolver noch hast?«

»Was für einen Revolver? ... Ach, das alte Ding, das mir ein Freund geschenkt hat ... da war ich ungefähr zwanzig ... Der muß immer noch in irgendeiner Schublade in meiner Mansarde liegen ...«

»Kannst du hinaufgehen und nachsehen?«

Er mußte lange warten. Endlich ertönte die atemlose Stimme seines Vaters:

»Ich finde ihn nicht. Und doch bin ich sicher, daß ich ihn nicht woanders hingelegt habe. Ich habe gerade Mathilde gefragt, ob sie ihn nicht beim Saubermachen gesehen hat. Sie weiß auch nicht, wo er hingekommen ist. Glaubst du, Odile ...?«

»Ich weiß nicht. Das Fläschchen mit den Schlaftabletten aus dem Badezimmer ist weg, der Revolver aus deinem Schreibtisch ist weg ...«

Kurzum, seine Schwester wollte sterben, aber sie wußte noch nicht, wie sie es anstellen sollte. Und es hinderte sie nicht daran, einen Teil der Nacht in dem Viertel um die Place Maubert zu verbringen ...

»Hast du die Hotels abgeklappert?«

»Nein. Es gibt zu viele. Und ich habe das Gefühl, daß sie keins im Quartier Latin genommen hat, sie weiß ja, daß wir immer dort absteigen.«

»Was hast du vor?«

»Als erstes gehe ich zum Familiensuchdienst.«

»Vergiß nicht, daß wir Schweizer sind.«

»Aber sie ist in Paris verschwunden.«

»Kannst du das beweisen?«

»Ich versuche es trotzdem. Schönen Spaziergang. Ich tu, was ich kann ...«

Er schlief noch einmal ein und erwachte erst um zehn, doch da war er auch nicht besser im Lot. Lustlos trank er Kaffee und verzehrte sein Frühstück. Kurz vor elf fand er sich in der Rue des Ursins ein und folgte den Pfeilen auf der Wand im Korridor bis zu Büro 4 und trat ein, ehe er die Aufschrift »Bitte eintreten, ohne anzuklopfen« gelesen hatte. Hinter einem hellen, fast neuen Schreibtisch saß ein Beamter in Uniform.

»Sie wünschen?«

»Ich möchte den Direktor sprechen.«

»Es gibt keinen Direktor, sondern einen Hauptkommissar. Wollen sie eine Vermißtenanzeige machen?«

»Der Fall ist sehr kompliziert. Ich möchte gern den Kommissar persönlich sprechen.«

Der Beamte schob ihm einen Formularblock mit vorgedruckten Fragen hin. Er füllte mit Bleistift die Lücken aus, und der Beamte verschwand in einem Korridor.

»Der Kommissar ist beschäftigt. Wenn er wieder frei ist, wird er Sie empfangen.«

»Glauben Sie, daß es lange dauert?«

»Das weiß ich so wenig wie Sie...«

»Habe ich noch wenigstens fünf Minuten?«

»Bestimmt.«

»Ich bin gleich wieder da.«

Vier Stufen auf einmal nehmend, lief er die Treppe hinab und steuerte auf die erste Bar zu, die er sah.

»Einen Weißwein...«

»Vouvray?«

»Meinetwegen...«

Er mußte sich den Mund spülen. Kaffee und Frühstück lagen ihm schwer im Magen.

Das Glas war klein, und er trank es in einem Zug aus.

»Noch eins...«

Beinahe hätte er ein drittes bestellt, aber die Vernunft behielt die Oberhand. Er fühlte sich schon ein wenig besser. Er bezahlte, eilte hinaus und war wenig später wieder auf seinem Platz in dem Büro mit dem uniformierten Polizisten.

»Hat mich der Hauptkommissar nicht aufgerufen?«

»Nein... Ach, da kommt sein Besucher gerade heraus...«

Man hörte ferne Stimmen, dann Schritte auf dem langen Korridor.

»Wenn Sie mir folgen möchten...«

Der Kommissar war ein breitschultriger Mann, der eine sehr dunkle Zigarre rauchte.

»Setzen Sie sich.«

Er selbst setzte sich an seinen Schreibtisch.

»Wer wird vermißt?«

»Meine Schwester.«

»Minderjährig?«

»Sie ist gerade achtzehn geworden.«

»Ist sie schon mal ausgerissen?«

»Nein.«

»Wieso sind gerade Sie gekommen? Haben Sie keine Eltern mehr?«

»Doch. Aber mein Vater verreist nicht mehr gern.«

»Auf Ihrem Formular haben Sie ein Hotel als Adresse angegeben. Das ist nicht der Wohnsitz Ihrer Familie, nehme ich an? Wo leben Sie?«

»In Lausanne.«

»Sie sind Schweizer? Studieren Sie in Paris?«

»Nein. Ich studiere in der Schweiz.«

»Und Ihre Schwester?«

»Bis vor vier Tagen ... Nein, drei ... ich weiß nicht mehr ... Ich war so durcheinander ...«

»Eigentlich geht uns der Fall, der Sie beschäftigt, nichts an. Selbst wenn Sie in der französischen Provinz wohnen würden, müßten Sie zur Präfektur gehen, die sich dann an uns wendet ... Ihre Schwester ist also erst vor kurzem verschwunden ... Haben Sie überhaupt einen Beweis, daß sie in Paris ist?«

»Ja ... Letzte Nacht habe ich eine Spur von ihr gefunden, in einem Lokal in der Rue Mouffetard ... Der Wirt hat sie auf dem Foto wiedererkannt. Er hat mir auch eine genaue Beschreibung ihrer Kleidung geliefert...«

»Geben Sie mir diese Beschreibung.«

»Braune Hose, gelber Pullover und eine Wildlederjacke, genau wie meine...«

»Der Name des Lokals?«

»›As-de-Cœur‹...«

»Kenne ich... Könnte sie nicht bei Verwandten oder Freunden untergekommen sein?«

»Ihre wenigen Freunde in Paris habe ich schon abgeklappert...«

»Es könnte welche geben, die Sie nicht kennen.«

»Einen davon habe ich kennengelernt, einen Gitarristen aus Saint-Germain-des-Prés, mit dem sie auf ihrer letzten Paris-Reise ausgegangen ist...«

»Ist sie denn schon einmal hiergewesen?«

»Mit Erlaubnis meiner Eltern...«

Er holte die Fotografie aus seiner Tasche und reichte sie dem Kommissar, der sie aufmerksam betrachtete.

»Was für eine Art Mädchen ist sie?«

»Ziemlich unberechenbar. Sie hat die Schule vor der letzten Klasse aufgegeben und dann alles mögliche ausprobiert...«

»Und die Männer?«

»Tja... Ihre ersten Erfahrungen hat sie bald nach ihrem fünfzehnten Geburtstag gemacht...«

»Ebenfalls mit Erlaubnis Ihrer Eltern?«

»Nein. Ihre Geständnisse hat sie nur mir gemacht. Sie war von Anfang an enttäuscht, aber sie hat trotzdem weitergemacht...«

»Hatte sie Freundinnen in Lausanne?«

»Als sie auf dem Collège war, kannte ich ihre Freundinnen ... Später wurde meine Schwester unabhängiger. Sie ging oft abends aus und kam um ein Uhr oder zwei Uhr morgens nach Hause ...«

»Ihre Eltern nahmen diese Situation hin?«

»Es hätte nichts genützt, wenn man ihr dreingeredet hätte. Sie hätte trotzdem nur gemacht, was sie will ...«

Der Kommissar kaute an seiner Zigarre, ohne sein Befremden zu verbergen.

»Was macht Ihr Vater?«

»Er schreibt Geschichtsbücher ... Sie haben in den Auslagen der Buchhandlungen bestimmt schon welche gesehen, denn sie kommen in Paris heraus und sind sehr erfolgreich ... Er schreibt unter seinem richtigen Namen: Albert Pointet ... Er könnte Professor an der Universität Lausanne sein, er ist habilitiert ...«

»Wenn ich recht verstehe, kümmert er sich nicht viel um Sie und Ihre Schwester ...«

»Er hat es aufgegeben, denke ich ...«

»Und Ihre Mutter?«

»Meine Mutter schläft und spielt Bridge ...«

»Trinkt sie?«

Weshalb fragte er das?

»Zwei oder drei Whiskys am späten Nachmittag ...«

»So genießt Ihre Schwester also völlige Freiheit ... Warum ist sie gerade nach Paris gekommen?«

»Weil es für sie auf der ganzen Welt nur Paris gibt ... Und nicht mal Paris, nur Saint-Germain-des-Prés. Davon schwärmte sie ...«

Aus einer Art Aberglauben war er auf sich selbst

böse, daß er die Vergangenheit benutzt hatte, und er korrigierte:

»... schwärmt sie...«

»Unter diesen Umständen sehe ich nicht, was meine Dienststellen tun können... Selbst wenn wir sie finden, können wir sie nicht mit Gewalt nach Lausanne zurückbringen, Ihre Eltern werden sie dort nicht in Ketten legen...«

»Lesen Sie diesen Brief... Sie hat ihn wahrscheinlich am Bahnhof aufgegeben, kurz bevor sie in den Zug gestiegen ist, und ich habe ihn am nächsten Vormittag erhalten...«

Der Kommissar las den Brief sehr aufmerksam durch.

»Jetzt verstehe ich Ihre Besorgnis«, sagte er schließlich, indem er ihn wieder zu Bob hinüberschob. »Lassen Sie mir auf alle Fälle die Fotografie da. Ich werde einige Abzüge davon machen lassen und sie an unsere Polizeibeamten ausgeben.«

»Meinen Sie nicht, daß es zu spät ist?«

»Wir werden unser möglichstes tun, Monsieur Pointet. Aber Sie müssen zugeben, daß Ihre Schwester nicht gerade ein einfacher Fall ist.«

»Das stimmt. Kann ich das Foto schon heute abend zurückhaben? Ich brauche es, um es den Leuten zu zeigen.«

»Kommen Sie gegen fünf Uhr vorbei. Der Bürodiener wird es Ihnen aushändigen, und er kann Ihnen sogar ein paar Abzüge davon machen lassen.«

Er stand auf, zog an seiner Zigarre und drückte Bob kräftig die Hand.

Er war im Viertel geblieben und aß in einem kleinen Restaurant für Stammgäste, das er ohne Mühe gefunden hatte, denn es gibt sie überall in Paris verstreut.

Allein an einem Tisch in Fensternähe sitzend, beobachtete er die Passanten, doch seine Gedanken waren bei Odile. Ob sie jetzt auch gerade aß, in einem der Bistros, die ihr so gut gefielen?

War es nicht wahrscheinlicher, vor allem, wenn sie spät schlafen gegangen war, daß sie sich damit begnügte, in ihrem Bett ein Sandwich zu knabbern, wie sie es zu Hause so oft tat?

Nicht ohne Unbehagen fragte er sich, ob sie ihren Plan wohl schon ausgeführt oder ob sie sich noch ein paar Tage Aufschub gegeben hatte.

Ob sie immer noch in der gleichen Gemütsverfassung war wie zu dem Zeitpunkt, als sie ihm den Brief geschrieben hatte? Wenn nicht, wenn es nur eine vorübergehende Depression gewesen war, bereute sie dann jetzt nicht, ihn abgeschickt zu haben?

Ein Haufen Gedanken gingen ihm durch den Kopf, und er hatte das Gefühl, daß er seit seiner Ankunft in Paris noch nichts getan hatte. Und doch hätte er sie beinahe gefunden, im ›As-de-Cœur‹. Wäre er einen Abend früher hingegangen, hätte er seiner Schwester von Angesicht zu Angesicht gegenübergestanden.

Die Restaurants hatte er nicht überprüft. Das war für einen einzelnen eine nahezu unmögliche Aufgabe. Allein im Quartier Latin gab es Hunderte. Das gleiche galt für die Hotels, in denen sie abgestiegen sein konnte.

Einen Augenblick dachte er daran, ihr Foto in den

Zeitungen veröffentlichen zu lassen. Ein kleiner Text, der Odile zu Herzen ging, würde ihm schon einfallen. Beinahe hätte er am Morgen mit dem Hauptkommissar darüber gesprochen, doch im letzten Moment hatte er geschwiegen, weil er fürchtete, damit erst recht alles ins Rollen zu bringen.

Die Meinung der anderen war ihr sehr wichtig. Es war schwer zu erklären. Sie tat alles, um die Leute, mit denen sie zusammenlebte, vor den Kopf zu stoßen, achtete dabei aber immer darauf, was für eine Meinung sie von ihr hatten. Sie verachtete sie, fand sie dumm, altmodisch. Gleichzeitig wäre sie gern geliebt worden und zeigte sich deshalb sehr großzügig.

Er verließ das Restaurant, nahm ein Taxi und ließ sich zum gerichtsmedizinischen Institut fahren, wo ihn der Angestellte im Vorzimmer fragte:

»Sind Sie hier, um eine Leiche zu identifizieren?«

»Weiß nicht. Meine Schwester ist verschwunden, und ich habe fast alle Möglichkeiten ausgeschöpft, sie wiederzufinden.«

»Hatte sie Gründe, sich umzubringen?«

»Sie hat es mir in einem Brief angekündigt.«

»Wie ist der Name?«

»Odile Pointet. Aber sie hatte nicht unbedingt ihre Handtasche und ihre Papiere bei sich.«

»Meistens ist es tatsächlich so. Alter?«

»Achtzehn. Sie ist blond, ziemlich groß, schlanke Figur. Wahrscheinlich trägt sie eine braune Hose.«

»Und wann ist sie verschwunden?«

»Vorletzte Nacht ist sie zum letztenmal gesehen worden, im Viertel um die Rue Mouffetard.«

»Dann ist sie nicht hier. In den letzten vierundzwanzig Stunden haben wir drei Leichen hereinbekommen, aber kein junges Mädchen und keine junge Frau... Lassen Sie mir auf jeden Fall Ihre Adresse da.«

Er hatte sich schon gefreut, als ihn dieser ganz unbefangen dahingesagte Satz ernüchterte.

Auf einen Zettel schrieb er seinen Namen und die Adresse des Hotels in der Rue Gay-Lussac.

»Sie hat angedroht, sich umzubringen, sagen Sie?«

»Ja. Vor vier oder fünf Tagen.«

»In diesem Fall ist die Möglichkeit, daß sie es tut, gering... Wenn man wirklich sterben will, macht man sich keine Gedanken um die Leute und unternimmt sofort das Nötige. Sobald man sich Zeit zum Nachdenken nimmt...«

Wenig später blieb er an einem Kiosk stehen und kaufte einen Stadtplan von Paris. Auf einer blauen Seite waren die Namen der Krankenhäuser verzeichnet. Es gab fünfzig, einige nahe dem Quartier Latin, die anderen mehr oder weniger weit entfernt.

Er betrat das erste, das an seinem Weg lag. Eine Frau mittleren Alters mit weißem Kittel und Häubchen saß in einem Glaskasten, in dem ein Schalterfenster offenstand.

»Wenn Sie einen Besuch machen wollen...«

Mit der Spitze ihres Bleistifts wies sie ihn auf ein Schild hin, das die Besuchszeiten angab.

»Nein... ich suche jemanden...«

»Jemanden, von dem Sie vermuten, daß er hier ist?«

»Ich weiß nicht. Es handelt sich um ein achtzehnjähriges Mädchen...«

»Hat sie einen Unfall gehabt?«

»Soviel ich weiß, nicht. Es ist meine Schwester...«

Er war eingeschüchtert, und das strenge Gesicht der Frau war nicht gerade ermutigend. Er verhedderte sich in seinen Erläuterungen.

»Was ich befürchte, ist, daß sie versucht hat, sich das Leben zu nehmen...«

»Wie kommen Sie darauf?«

»Durch einen Brief, den sie mir geschickt hat und in dem sie davon spricht, sich umzubringen.«

»Wie ist ihr Name?«

»Odile Pointet.«

»In welchem Viertel wohnt sie?«

»Sie wohnt in Lausanne, aber ich weiß, daß sie sich noch vorgestern nacht in Paris befand.«

Sie sah in einer Liste nach.

»Ich finde kein junges Mädchen dieses Namens, und Selbstmörderinnen haben wir seit einer Woche keine gehabt.«

»Vor einer Woche ist sie noch in Lausanne gewesen.«

So war es. Er vermochte es kaum zu glauben. Noch vor vier Tagen teilte Odile das Leben in der Villa. Ein Leben, das ihm im Gewimmel von Paris auf einmal so absonderlich erschien, daß es fast unvorstellbar wurde.

Er hatte es immer als gegeben angesehen, daß die Dinge in der Rue Jaman so waren, wie sie sein mußten. Sein Vater hatte eine recht eigentümliche Tageseinteilung, aber lag das nicht daran, daß er keinen Kontakt mehr mit seiner Frau hatte?

Nie sah er die beiden im Wohnzimmer sitzen, nicht einmal zum Fernsehen, für das die Mutter nichts übrig hatte.

Sie lebte erst nachmittags beim Bridgespielen auf, und abends ging sie von Zeit zu Zeit in den ›Neuen Club‹ in der Avenue de Rumine, wo sie wieder Bridge spielte.

Er selbst kümmmerte sich wenig um Odile. Er hatte ja auch ein ziemlich hartes Studium begonnen und dadurch kaum freie Zeit.

Er trat in ein zweites Hospital, wo er ein wenig liebenswürdiger empfangen wurde.

»Ein junges Mädchen, sagen Sie? Erst vor kurzem? Warten Sie einen Augenblick, ich frage die Oberschwester, ob es in den letzten Stunden Aufnahmen gegeben hat.«

Sie verschwand am Ende des Ganges, wo in einem Klinikbett ein Patient wartete.

»Nein, junger Mann. Nichts dergleichen... Ich wünsche Ihnen, daß Sie überall diese Antwort bekommen.«

Schließlich fand er sich am Ende der Rue Saint-Jacques wieder, in dem Stadtteil, in dem es die meisten Kliniken gibt. Geduldig klapperte er sie alle ab, sagte immer wieder dasselbe Sprüchlein auf. Man nahm ihn mehr oder weniger freundlich auf beziehungsweise mehr oder weniger unfreundlich. Es war ihm gleich.

»Nein, Monsieur.«

Fast wartete er darauf, daß man hinzufügen würde: »Bedaure...«

Er ging in der Rue Gay-Lussac vorbei, um nachzusehen, ob nicht ein Brief oder eine Nachricht für ihn da waren. Denn seine Schwester mußte sich doch denken, daß er, nachdem er ihren Brief erhalten hatte, den nächsten Zug nach Paris genommen hatte. Und die Familie war immer im ›Hôtel Mercator‹ abgestiegen.

»Nichts für mich? Kein Brief, keine Nachricht? Auch kein Anruf?«

»Absolut nichts. Na, Sie sehen aber müde aus. Heute abend sollten Sie lieber rechtzeitig ins Bett gehen.«

Er lächelte ein wenig bitter. Gerade abends bestand zumindest eine kleine Chance, Odile irgendwo anzutreffen.

»Ich werde mir Mühe geben...« versprach er.

Um fünf schaute er in der Rue des Ursins vorbei, wo man ihm ein halbes Dutzend Fotos aushändigte.

Er konnte nicht mehr und kehrte ins Hotel zurück, wo er sich auf dem Bett ausstreckte. Er schlief sofort ein, und als er erwachte, war es schon dunkel, und sein Zimmer wurde nur vom Widerschein einer Straßenlaterne erhellt.

Er duschte und zog sich an. In der Ferne meinte er Donnergrollen zu vernehmen, war sich aber nicht sicher. Es war zehn Uhr abends. Er trat in die erstbeste Bar und aß drei Sandwiches und trank Bier dazu, denn er hatte nicht die Nerven, sich in ein Restaurant zu setzen.

Klang das Donnerrollen wie der Lärm eines Zuges? Jedenfalls dachte er an einen Zug, an seine Schwester, wie sie mit ihrem blauen Koffer in der Hand ausstieg und ganz allein auf dem Bahnsteig stand.

Wenn sie ihren Koffer mitgenommen hatte, so hieß

das, daß sie sich nicht sofort umbringen wollte. Sie wußte, daß sie nicht in der Rue Gay-Lussac absteigen würde, wo ihre Familie sie leicht finden könnte. In einem anderen Hotel hatte sie in Paris noch nie gewohnt.

Warum nicht in der Nähe des Bahnhofs bleiben? Dort gab es viele Hotels aller Kategorien. Bei dem ständigen Kommen und Gehen würde man sich weniger um sie kümmern als an jedem anderen Ort.

Er ließ sich zur Gare du Lyon fahren. Hier brauchte er nur ihren Namen zu nennen, da die Reisenden einen Ausweis vorlegen mußten.

»Mademoiselle Pointet, bitte.«

»Soll sie hier wohnen?«

»Weiß ich nicht.«

»Wir haben niemanden mit diesem Namen.«

Er ging von einem Hotel zum anderen. Jedesmal schüttelte man verneinend den Kopf.

Bis ein Nachtportier mit der größten Selbstverständlichkeit zu ihm sagte:

»Sie haben sie knapp verfehlt.«

»Sie ist hiergewesen?«

»Ja.«

»Wann ist sie gegangen?«

»Gestern, am frühen Nachmittag. Sie hat ein Taxi genommen...«

»Haben Sie vielleicht die Adresse gehört, die sie angegeben hat?«

»Ich bin tagsüber nicht hier.«

Er wollte ganz sichergehen, daß es sich wirklich um Odile handelte.

»Haben Sie sie gesehen?«

»Aber sicher. Wenn sie abends heimkam, hatte immer ich Dienst. Ein liebenswürdiges Mädchen, aber nicht sehr fröhlich.«

»In Hosen?«

»Ja. Sie zog sich nie um und trug immer dieselbe braune Hose.«

Einen Zug hatte sie nicht genommen, denn um zum Bahnhof zu kommen, hätte sie kein Taxi gerufen. Warum hatte sie das Hotel gewechselt?«

»Darf ich telefonieren?«

»Ein Stadtgespräch?«

»Ja.«

»Sie können die Kabine links in der Halle nehmen. Warten Sie, ich gebe Ihnen eine Münze.«

Er rief beim Familiensuchdienst an und verlangte den Hauptkommissar zu sprechen, dessen Namen er nicht wußte.

»Monsieur Lobeau wollen Sie sprechen? Ich sehe nach, ob er frei ist.«

Die ein wenig rauhe Stimme des Hauptkommissars meldete sich: »Wer ist am Apparat?«

»Ich bin heute morgen bei Ihnen gewesen...«

»Dann sind Sie der Schweizer, der seine Schwester sucht? Haben Sie sie gefunden?«

»Nein, aber ich kenne das Hotel, in dem sie die ersten drei Tage verbracht hat. Sie hat es gestern nachmittag verlassen und ist mit dem Taxi weggefahren. Entschuldigen Sie bitte, daß ich Sie um diese Zeit störe. Bei dem Leben, das ich führe, merke ich gar nicht mehr, wie die Zeit vergeht...«

»Bei der Polizei gibt es keine Uhrzeit! Sie haben Glück gehabt, daß ich gerade einen Bericht fertigschreiben mußte und nach dem Abendessen nochmals ins Büro gekommen bin. Was Sie mir sagen, ist sehr interessant. Es könnte uns möglicherweise als Ausgangspunkt dienen. Wie ist der Name des Hotels?«

»Warten Sie ... Ich habe ihn mir nicht aufgeschrieben, aber ich sehe ihn noch vor mir ... ein komischer Name: ›Hôtel Héliard‹.«

»Gegenüber der Gare du Lyon?«

»Ja.«

»Kenne ich. Meine Leute werden sich morgen darum kümmern.«

»Ich danke Ihnen.«

Er war recht zufrieden mit sich, weil er auf die Idee gekommen war, in der Bahnhofsumgebung zu suchen. Warum aber hatte Odile so plötzlich ein Hotel verlassen, in dem sie annehmen konnte, daß niemand dort nach ihr suchen würde? War es zu weit, wenn sie nachts aus dem Quartier Latin kam? Hatte sie sich irgendwo in der Nähe von Saint-Germain-des-Prés einquartiert?

Er fing mit der Kellerbar an, die von dem großgewachsenen Skandinavier geführt wurde und wo er wieder dieselbe Band antraf, einschließlich des Gitarristen. Er setzte sich an die Bar und bestellte einen Scotch. Als die Musik verstummte, kam der Mann mit der Gitarre und setzte sich auf den Barhocker neben ihm.

»Haben Sie sie gesehen?«

Er schüttelte den Kopf.

»Aber ein Kumpel von mir, der in demselben Bistro ißt wie ich, hat von ihr gesprochen. Er ist auch Gitarrist. Er gehört zu keiner Band und verdient sich seinen Lebensunterhalt, wie es gerade kommt. Er geht oft ins ›As-de-Cœur‹ weiter unten an der Straße.«

»Ich weiß. Ich war letzte Nacht dort. Vorgestern abend war auch meine Schwester dort. Sie fiel auf, weil sie so gar nicht in das Lokal paßt. Man konnte sie mir genau beschreiben. Mich wundert nur, daß sie, da sie Sie ja kennt, nicht hierhergekommen ist ... Es sei denn, sie meidet diesen Ort, gerade weil sie fürchtet, Ihnen zu begegnen ... Sie kann sich denken, daß ich in Paris bin. Sie flüchtet vor mir, meint vielleicht, daß ich mit meinem Vater hier bin ... Ich warte trotzdem ein bißchen ...«

Als die Musik wieder zu spielen begann, setzte er sich in eine Ecke, wo ein hübsches Mädchen, das unter einem schwarzseidenen Kleid vermutlich nichts trug, ihn anquatschte:

»Wollen wir tanzen?«

»Nein, danke.«

»Spendierst du mir einen Drink?«

»Trinken Sie an der Bar etwas auf meine Rechnung.«

»Behagt dir meine Gesellschaft nicht?«

»Doch, aber ...«

Er stockte, da er nicht auf so etwas vorbereitet war, und sie setzte sich ungeniert ihm gegenüber.

»Whisky?« fragte ihn die Kellnerin, als kenne sie seinen Geschmack seit langem.

»Einen doppelten.«

Sie schien plötzlich von Skrupeln gepackt.

»Du bist doch hoffentlich nicht blank?«

Er schüttelte den Kopf.

»Bist du nicht aus Paris?«

»Ich bin aus Lausanne.«

»Das ist in der Schweiz, stimmt's? Ich habe erst vor kurzem von der Schweiz reden hören ... Gestern oder heute, aber wo das war, fällt mir nicht mehr ein ...«

»Ein junges Mädchen?«

»Weiß nicht ... Mir ist noch, als würde ich eine Frauenstimme hören ...«

»In einem Restaurant?«

»Möglich. Ich esse immer im ›Bilboquet‹, Place Maubert ... Aber ich glaube nicht, daß es dort gewesen ist.«

»Wohnen Sie im Hotel?«

»Nein. Ich habe ein eigenes Zimmer, wo ich kochen kann, wenn ich Lust dazu habe. Laß mich überlegen ... Zweimal die Schweiz innerhalb von zwei Tagen, gib zu, daß das ein komischer Zufall ist ...«

Während sie sprach, musterte sie ihn und schien ihn sympathisch zu finden.

»Bist du für länger in Paris?«

»Ich glaube nicht.«

»Bist du Student?«

»Ja.«

»Prost.«

Bei jeder anderen Gelegenheit hätte er wahrscheinlich mit ihr geschlafen, denn sie schien ein nettes Mädchen zu sein und hatte einen attraktiven Körper.

Er winkte der Kellnerin.

»Gehen Sie schon?«

»Ja. Ich habe Schlaf nachzuholen.«

Er bezahlte. Das Mädchen seufzte:

»Du bist mir einer!«

Er winkte dem Gitarristen zu und ging hinaus. Es fiel ein feiner Regen, auf den die Pariser schon seit langem gewartet hatten, denn den ganzen September war hier, genau wie in der Schweiz, kein Tropfen gefallen.

Er ging auf alle Fälle im ›As-de-Cœur‹ vorbei, wo ihm der Wirt persönlich ein Glas Rum spendierte. Er hatte keine Lust darauf, aber er brachte es nicht übers Herz abzulehnen.

»Ist sie nicht gekommen?«

»Nein.«

Heute machten sie zu dritt Musik, alle mit langen Mähnen, und gingen dabei im Raum auf und ab.

Das Glas Rum zog ihm endgültig die Beine weg, und es kostete ihn etwas Mühe, in die Rue Gay-Lussac zurückzugelangen.

Er schlief bis zehn Uhr morgens und wachte wieder einmal mit einer dicken Zunge auf.

4

Bob geht aus dem Haus, ehe die Post kommt. Wenn der Postbote den Brief Mathilde gibt, wird sie ihn ins Zimmer meines Bruders hinaufbringen.

Hat sie ihn zufällig drunten liegenlassen und ist meine Mutter, was ein noch größerer Zufall wäre, früh aufgestanden, wird sie meine Schrift erkennen und ihre Neugierde nicht bezähmen können.‹

Das war es, was sie im Zug bewegte. Es waren keine dramatischen Gedanken, und sie dachte weder an ihr Vorhaben noch daran, wie sie sich umbringen sollte.

Was würde ihr Bruder denken, wenn er den Brief las? Würde er mit dem Vater darüber sprechen? Möglich war es. Die beiden verstanden sich recht gut, und Bob stieg oft in die Mansarde hinauf, um mit ihm zu plaudern.

Ob er ihm etwas von dem Selbstmord gesagt hatte? Oder hatte er nur von Verschwinden, sozusagen von einer Art Flucht gesprochen?

Es bestand alle Aussicht, daß Bob nach Paris kam und sich auf die Suche nach ihr machte, aber unter fünf Millionen Menschen hatte er kaum eine Chance, sie zu finden.

Die Nacht brach herein, und sie verließ den Speisewagen und setzte sich wieder auf ihren Platz. Ein Mann mittleren Alters, der eine Diplomatentasche auf seinen

Knien festhielt, als ob sie etwas Wertvolles wäre, blickte sie unverwandt an, und als sie zufällig das Gesicht zu ihm drehte, lächelte er ihr in einer Weise zu, die er für verführerisch hielt.

Als sie dann auf dem Bahnsteig stand, war ihr plötzlich, als würde sie ohnmächtig. Die Leute hasteten vorüber, und viele rempelten sie an. Im trüben Licht der schmutzigen Lampen blieb sie reglos stehen, und alles, auch ihre Reise, kam ihr unwirklich vor.

Ratlos fragte sie sich, wozu sie hierhergekommen war. Beinahe wäre sie in ein Taxi gestiegen, um sich ins ›Hôtel Mercator‹, Rue Gay-Lussac, fahren zu lassen, wo sie eine vertraute Atmosphäre vorfinden würde. Aber dorthin konnte sie nicht gehen. Dort stieg seit Jahren die ganze Familie ab, und dorthin würde Bob sicherlich als erstes gehen.

Vor dem Bahnhof gab es eine Reihe Hotels, in denen für die Nacht nur ein Teil der Lichter in der Halle eingeschaltet waren.

Sie trat in das erstbeste, achtete nicht auf den Namen. Ein traurig dreinblickender Nachtportier verlangte einen Ausweis von ihr. Das hatte sie nicht bedacht. Es würde überall dasselbe sein, und sie holte den Reisepaß aus ihrer Handtasche.

Das Zimmer war ziemlich groß, aber alt und häßlich, nichtssagend häßlich und von mehr als zweifelhafter Sauberkeit. Im Badezimmer hatte das Wasser aus den Hähnen eine breite braune Spur auf dem Email hinterlassen.

Jetzt, auf dem Bettrand sitzend, begann sie zu weinen. Sie fühlte sich einsam und ohne irgendeinen Halt.

Niemand kümmerte sich um sie und reichte ihr die Hand. Hatte man ihr je geholfen zu leben?

Es war dumm. Alles war dumm. Das Leben war ohne Sinn, ohne Zweck. Sie war gegen alle Mauern angerannt wie eine dicke Fliege an einem heißen Sommertag...

Beinahe wäre sie ausgegangen, irgendwohin, um Leute zu sehen, Autos, Lichter. Um der Leere zu entfliehen, die sie umschloß.

Draußen würde es genauso sein. Sie wäre trotzdem allein, und die Passanten konnten ihr auch nicht helfen.

Sie holte das Fläschchen mit dem Schlafmittel aus ihrem Waschbeutel und widerstand der Versuchung, sämtliche Tabletten zu schlucken, die darin waren.

Noch nicht. Sie wollte sich Zeit lassen, ihren Tod zu leben. Sie war noch zu klarsichtig. Sie nahm nur eine einzige Tablette und spülte sie mit etwas Wasser aus dem Zahnputzglas hinunter. Im Bett weinte sie dann noch ein wenig.

Sie wagte sich nicht auszuziehen, so als sei sie in diesem feindseligen Zimmer nicht sicher, und völlig angezogen schlief sie schließlich ein.

Am nächsten Morgen fand sie dieselbe Umgebung vor, die am hellen Tag nicht ansprechender war. Es ging auf Mittag zu. Sie brachte es nicht über sich, ein Bad zu nehmen oder zu duschen und sich zum Ausgehen fertig zu machen. Auf dem Nachttisch stand ein Telefon, und sie bestellte Sandwiches aufs Zimmer.

»Womit, Mademoiselle?«

»Zwei mit Schinken und zwei mit Käse.«

Sie aß sie am Fenster und betrachtete dabei das Hin

und Her der Taxis, die Reisende zum Bahnhof fuhren oder zum Hotel brachten.

Sie schlief wieder ein und erwachte erst um vier Uhr. Da machte sie ihre Toilette, um schnell hinauszukommen, diesen vier Wänden zu entfliehen.

Sie ging die Seine entlang und dachte dabei unwillkürlich daran, sich zu ertränken. Sie konnte nicht ertrinken. Sie war eine zu gute Schwimmerin und würde unbewußt dagegen ankämpfen.

Sie aß in einem kleinen Restaurant am Quai de la Tournelle zu Abend. Sie fühlte sich immer noch aus der Wirklichkeit ausgeschlossen. Sie hatte regelrechte Schwindelanfälle. Der Kopf drehte sich ihr. Sie fragte sich, ob sie wohl krank war. Das dachte sie oft, seit Jahren schon.

»Ich werde nicht sehr alt werden...«

Das hatte sie vor zwei Jahren einmal zu Bob gesagt, und Bob hatte sich über sie lustig gemacht.

»Du redest dir etwas ein, armes Kind...«

»Und weshalb fühle ich mich dann immer so elend?«

»Das geht allen so, nur achten die meisten nicht darauf...«

Schließlich landete sie in einem kleinen Lokal in der Rue Saint-André-des-Arts, wo sie den Pärchen beim Tanzen zusah.

Sie waren glücklich. Es gab glückliche Menschen. Sie trank einen Gin Tonic, der sie nur noch trauriger machte.

Sie hätte gern mit irgend jemandem geredet. Mit ihrem Bruder zum Beispiel. Nein. Lieber mit einem

Arzt, einem Fachmann, der vielleicht die Wurzel ihres Übels finden würde.

Doch um was für ein Übel handelte es sich? Was hatte sie bis jetzt aus ihrem Leben gemacht? Und niemand war daran schuld, nicht einmal die ziemlich trübselige Atmosphäre in der Villa.

Sie war ganz allein dafür verantwortlich. Sie konnte an nichts anderes denken als an sich selbst, an ihr Unglück, an eine Zukunft, von der sie sich keine Vorstellung zu machen vermochte.

Sie war zu nichts nütze. Sie konnte nichts geben. Im Gegenteil, sie fiel den andern zur Last.

Und so blieb nichts, was über die Gegenwart hinausreichte!

Sie hatte eine Entscheidung getroffen. Sie hatte Bob geschrieben und ihm alles zu sagen versucht. Bob war das Gegenteil von ihr, ein ernsthafter, stabiler, selbstbewußter Junge. Was er wohl gedacht hatte, als er ihre Botschaft erhielt?

Im Augenblick saß er wahrscheinlich im Zug, in demselben TEE, mit dem sie nach Paris gefahren war.

Sie war versucht, ihm die Zeit zu lassen anzukommen, und ihn dann in der Rue Gay-Lussac aufzusuchen, ihm mitzuteilen, daß sie ihren Plan aufgeben würde, wenn er ihr versprach, weder den Eltern noch sonst jemandem zu sagen, wo sie sich befand.

Nach Lausanne würde sie nicht zurückkehren. Das stand außer Frage. Was sollte sie tun? Sie hatte zu früh mit der Schule aufgehört, um ein Diplom zu erwerben, das zu irgend etwas nütze war. Mit den Gitarrestunden, den Englisch- und den Tanzstunden war es dasselbe.

Sie schlug ganz plötzlich einen neuen Weg ein und war dann über Wochen wie euphorisch. Sie wollte schneller vorangehen als ihre Lehrer, die Mühe hatten, ihren Enthusiasmus zu dämpfen.

Dann, von heute auf morgen, war es aus und vorbei. Sie legte Mathilde einen Zettel hin, bevor sie zu Bett ging: »Morgen bitte nicht wecken. Ruf im Englischkurs an, daß ich krank bin . . .«

Nun verkroch sie sich in ihrem Zimmer und ging fast nur zum Abendessen hinunter. Sie schlief, spielte Schallplatten, las, was ihr in die Hände kam.

Ein nicht mehr ganz junger Mann setzte sich neben sie.

»Sie sind zum erstenmal hier, stimmt's?« murmelte er schließlich, sich zu ihr herüberbeugend.

Sie starrte ihn an, als ob sie ihn gar nicht sähe, und er schien verlegen. Sie bezahlte ihre Drinks, nahm ein Taxi zum Hotel. Sie hatte wenig Geld, kaum mehr als fünfhundert Francs. Was würde sie tun, wenn es alle war?

Sie war dumm. Hatte sie die Lösung nicht schon vor ihrer Abfahrt aus Lausanne gefunden? Sie würde verschwinden. Sie fragte sich nicht länger, wie sie es anstellen sollte, daß ihre Leiche nicht gefunden wurde oder daß man sie nicht identifizieren konnte. Diese Vorstellung hatte sie in der Schweiz gehabt. Das war zu romantisch. Außerdem hatte es sich als undurchführbar erwiesen.

Sie würde das gleiche Schicksal erleiden wie alle anderen Selbstmörder. Man würde die Polizei rufen. Man würde sie zur Autopsie in das gerichtsmedizinische Institut bringen.

Ihre Eltern würden herbeieilen, ein Zimmer in der Rue Gay-Lussac nehmen und die Leiche nach Lausanne überführen lassen.

Dies war der Teil, der sie am meisten bedrückte. Allerdings spürte sie, wenn es passierte, ja nichts mehr. Ob es eine kleine Feier in der Kirche geben würde? Sicher schrieben dann die Zeitungen über sie, und ihre früheren Freunde und Freundinnen würden zur Beerdigung kommen, ebenso wie die Lieferanten und Bridgepartnerinnen ihrer Mutter.

Sie würde in einer schmalen, lackierten Kiste liegen und darin ersticken. Es war Blödsinn, so zu denken. Natürlich würde sie nicht ersticken. Aber konnte man sicher sein, daß man nichts mehr spürte?

Wie am Abend zuvor nahm sie eine Schlaftablette, stand kurz nach zehn auf und machte, nachdem sie gefrühstückt hatte, ihre Toilette. Sie zog dieselben Kleider an wie tags zuvor. Sie trug meistens sehr enge Hosen und Blusen, um ihre Formen zu betonen.

Sie war mit ihrem Körper nicht zufrieden. Sie hatte fast keine Brust und fast keine Hüften. In der Villa wog sie sich wöchentlich zwei- bis dreimal und war entmutigt, wenn sie nicht ein paar Gramm zugenommen hatte.

Sie aß im Restaurant zu Mittag, in einer Straße, auf deren Namen sie nicht achtete, hinter der Kirche Saint-Germain-des-Prés. Die Dinge liefen nicht so, wie sie es sich vorgestellt hatte. Sie hatte nicht bedacht, daß sie allein sein würde, daß sie niemanden haben würde, mit dem sie reden konnte. Sie konnte nicht ewig durch die Straßen laufen.

Sie ging ins Hotel und blieb den ganzen Nachmittag im Bett.

Immer wieder schob sie den Augenblick der entscheidenden Tat hinaus. Nicht aus Angst, sondern weil sie diesen langsamen Abschied vom Leben brauchte.

Es war eine Art Vorbereitung. Keiner von denen, die draußen ihren Weg kreuzten oder sie im Hotel grüßten, ahnte etwas von den Gedanken, die ihr durch den Kopf gingen.

Sie ging aus, abends natürlich. Sie begnügte sich mit Sandwiches, die sie in einer Bar aß, denn sie war nicht hungrig. Bob mußte schon angekommen sein. Wie würde er es anstellen? Wo würde er zu suchen beginnen? Bestimmt würde er ins ›Cannibale‹ gehen, denn sie hatte ihm einmal gesagt, daß sie dortgewesen war und nette Stunden verbracht hatte.

Damals war sie in einer Phase der Hochstimmung gewesen, und sie dachte sehnsüchtig an den Gitarristen, der sie mit zu sich nach Hause genommen hatte. Sie hätte ihn gern wiedergesehen, mit ihm gesprochen, ihm vielleicht ihre Entscheidung mitgeteilt?

Es war zu gefährlich. Bob würde fast mit Sicherheit ins ›Cannibale‹ gehen. Würde er den Musiker ansprechen? Würde ihm dieser sagen, was zwischen ihnen gewesen war? Was machte es letztlich aus? Sie schämte sich nicht des Lebens, das sie schon seit einigen Jahren führte. Ihre schlimmste Erinnerung war die an Onkel Alfred, dem die Geschichte keineswegs peinlich zu sein schien, denn er kam weiterhin von Zeit zu Zeit zu Besuch. Er war noch der alte, selbstzufrieden, immer zu einem Scherz aufgelegt.

»Na, meine Schöne, wie viele sind dir wieder zum Opfer gefallen?«

Er war der Bruder ihrer Mutter. Er verdiente gut, war ständig unterwegs, am Steuer eines schönen Autos, mit dem er von Bauernhof zu Bauernhof fuhr, um seine landwirtschaftlichen Maschinen an den Mann zu bringen. Fast überall bot man ihm ein Gläschen an, das er nicht ablehnte.

Odile hatte noch eine Verwandte in Paris, eine Tante ihrer Mutter, die auch nie geheiratet hatte.

Sie mußte jetzt über achtzig sein und wohnte allein in einer Wohnung in der Rue Caulaincourt. Sie hatte über vierzig Jahre im gleichen Büro in der Rue du Sentier gearbeitet und mußte Ersparnisse haben, abgesehen von einer bescheidenen Rente.

Odile hatte sie nur einmal gesehen, als ihre Mutter sie nach Montmartre mitgenommen hatte, um sie zu besuchen. Die Wohnung blitzte vor Sauberkeit, und man mußte auf Filzpantoffeln gehen, um ja das gebohnerte Parkett nicht schmutzig zu machen.

Was hätte sie ihrer Tante sagen sollen? Und hätte diese nicht umgehend ihre Eltern benachrichtigt?

Komisch, daß sie in diesem Augenblick an sie dachte, an eine Unbekannte sozusagen. Würde sie, wenn sie auf ihre Tat verzichtete, nicht so werden wie sie?

Sie suchte nach einem Lokal, wo sie einen Teil der Nacht zubringen konnte. Sie durfte dort nicht allzu bekannt sein, denn sie fürchtete, Bob zu begegnen, der sicher schon nach ihr suchte.

Sie landete im ›As-de-Cœur‹. Eine Frau sang. Ein Gitarrist begleitete sie. Als ein Mädchen mit lackierten, aber schmutzigen Fingernägeln sie fragte, was sie trinken wolle, bestellte sie einen Gin Tonic.

Auf den Geschmack am Gin hatte sie einer ihrer jungen Lehrer gebracht, den sie zuweilen im Bistro traf.

Sie imitierte. Immer hatte sie irgend jemanden imitiert. Sie hatte keine eigenen Ideen. Das war ihr bewußt. Das Beunruhigende war, daß sie sich ganz genau kannte, aber unfähig war, sich zu ändern.

Sie beobachtete zwei Verliebte, die eng umschlungen miteinander schmusten. Der Mann hatte die Hand am Busen seiner Gefährtin, und es schien sie nicht zu stören, daß etwa zwanzig Leute ihnen zuschauten. Und wenn schon. War hier nicht alles erlaubt?

Am Nebentisch saßen zwei ziemlich junge, langhaarige Männer in Bluejeans.

»Wartest du auf jemanden?«

»Nein.«

»Möchtest du dich nicht zu uns setzen?«

Sie tranken Bier. Sie war an ihren Tisch getreten.

»Was ist das, in deinem Glas?«

»Gin.«

»Trink aus, wir bestellen dir noch eins.«

Sie gehorchte.

»Bist du Französin?«

»Nein ...«

Sie wußte schon, was jetzt kommen würde, und ein belustigtes Lächeln stahl sich auf ihre Lippen.

»Belgierin?«

»Auch nicht.«

»Du sprichst akzentfrei Französisch ...«

»Ich bin aus der Schweiz ...«

»Aus Genf? Ich bin zweimal in Genf gewesen und einmal zum Skifahren in Villars.«

»Meine Eltern haben ein kleines Chalet in Villars, und als Kind bin ich im Winter oft hingefahren.«

»Da hätten wir uns ja begegnen können. Fährst du nicht mehr hin?«

»Meine Eltern schon. Mir ist die Sonne lieber, und ich verbringe meine Ferien am Mittelmeer ...«

»Studierst du?«

»Ja.«

»In Paris?«

Sie mußte vorsichtig sein, denn sie waren vielleicht Studenten und würden ihr schnell auf die Schliche kommen.

»Nein. In Lausanne. Ich bin nur für ein paar Tage hier ...«

Ein dutzendmal schon hatte sie zu dieser Notlüge gegriffen, nicht um sich wichtig zu machen, sondern weil die Wahrheit zu kompliziert war. Von Ferien konnte man in ihrem Fall nicht sprechen, denn sie tat das ganze Jahr über nichts, wenn sie nicht gerade vorübergehend irgendeinen Kurs besuchte.

»Bist du schon mal hiergewesen? Kennst du den Schnauzbart?«

Damit meinte er den Patron, denn der hatte einen gewaltigen schwarzen Schnurrbart.

»Ich bin zum erstenmal in diesem Lokal.«

»Es ist ein bißchen Glückssache hier. Es gibt umwerfende und fade Abende. Das kommt ganz auf die Gäste an. Der Gitarrist ist kein Profi. Er spielt nur zum Spaß hier. Die Sängerin ebenso.

An manchen Abenden sind sechs oder sieben Musiker da. Der Patron ist ein Schlawiner. Er läßt alles zu. Sogar wenn eine Ladung betrunkener Amerikaner ankommt und alles kurz und klein zu schlagen droht.«

»Kennst du dich in Paris gut aus?«

»Ich bin ziemlich oft hiergewesen.«

»Mit deinen Eltern?«

»Nur als ich klein war... Ich komme schon seit langem allein her...«

»Immer ans linke Seineufer?«

»Ja. Hier fühle ich mich zu Hause... Im Louvre war ich noch nie und in den anderen Museen auch nicht. Gerade daß ich ein-, zweimal die Champs-Élysées entlanggebummelt bin...«

»Da sind wir ziemlich viele...«

»Seid ihr beide auch Studenten?«

»Mein Freund hier, Martin, studiert in Nanterre...«

Sie sah ihn mit einer gewissen Bewunderung an.

»Und ich bereite mich auf meine Englischprüfung vor und will danach versuchen, meinen Doktor zu machen.«

Sie hatte nicht erwartet, in diesem Lokal so fleißigen und zielstrebigen jungen Männern zu begegnen.

»Habt ihr keine Freundinnen?«

»Keine festen. Wir sind mehr für Abwechslung. Wir ergreifen die Gelegenheit, die sich bietet.«

»Und ich war für euch eine solche Gelegenheit, als ihr mich an euren Tisch eingeladen habt...«

Sie lachten beide. Der Student aus Nanterre war nicht besonders attraktiv, aber der andere hatte ein offenes und ansteckendes Lachen.

»Sprichst du Englisch?«

»Nein. Ich habe sechs Monate lang einen Kurs gemacht, und das Ergebnis war katastrophal. Wie alles, was ich mache.«

»Was willst du damit sagen?«

»Daß ich einen Reinfall nach dem anderen erlebe.«

Sie ertappte sich dabei, wie sie ebenfalls lächelte.

»Was studierst du?«

»Philologie.«

»Willst du Lehrerin werden?«

»Nein.«

»Literaturkritikerin? ... Schriftstellerin?«

Sie war selbst überrascht, sich lachen zu hören. Aber stand sie nicht im Mittelpunkt des Interesses der beiden jungen Männer? Man befaßte sich mit ihr. Man fand sie interessant. Sie spielte ihnen etwas vor und war sich kaum bewußt, daß sie schwindelte.

»Hast du Geschwister?«

»Nur einen Bruder.«

»Älter als du?«

»Er ist vier Jahre älter als ich.«

»Ist er auch an der Uni?«

»Ja. Er büffelt unentwegt.«

»Welches Fach?«

»Soziologie ...«

»Genau wie ich«, bemerkte der Student aus Nanterre. »Im wievielten Jahr ist er?«

»Im dritten. Danach will er seine Doktorarbeit schreiben.«

»Ich schreibe meine auch gerade ...«

Es war banal und zugleich tröstlich. Sie dachte nicht

mehr an sich und an ihr Vorhaben. Sie plauderten gemütlich, mit einer Unbeschwertheit, die beruhigend auf sie wirkte.

»Wollen wir tanzen?« fragte ihr Tischnachbar.

»Gern.«

Zwischen den Tischen war sehr wenig Platz, und drei Pärchen genügten, den freien Raum auszufüllen.

»Hast du es eilig, nach Hause zu kommen?« fragte der Student leise.

»Nein. Auf mich wartet niemand.«

»Wenn ich meinen Freund losgeworden bin, könnten wir beide einen kleinen Nachtspaziergang machen... Gehst du gern spazieren?«

»Ja.«

Das stimmte nicht. Sie ging nur zu Fuß, wenn ihr nichts anderes übrigblieb. In Lausanne nahm sie ihr Mofa, um zur Rue du Bourg, fünfhundert Meter von zu Hause, hinunterzufahren.

Er drückte ihre Finger, als ob sie sich bereits einig wären.

»Danach könnten wir bei mir zu Hause ein letztes Glas trinken...«

Sie sagte nichts. Weder ja noch nein.

»Ich gebe dir die Antwort später.«

Mit so etwas hatte sie nicht gerechnet, als sie das ›Hôtel Héliard‹ verließ. Sie setzten sich wieder, bestellten frische Getränke.

Schweigen trat ein. Dem Studenten war sein Angebot nachträglich ein wenig peinlich. Aber was, wenn nicht ein Abenteuer, suchte sie um zwei Uhr morgens allein in einem Nachtlokal von zweifelhaftem Ruf?

Er drückte sein Knie leicht gegen das ihre, und sie wich nicht zurück.

»Siehst du die zwei Hippies uns gegenüber? Sie rauchen Haschisch ...«

»Und wenn die Polizei hereinkommt?«

»Die Polizei ist im Bilde. Solange es sich im Rahmen hält und kein LSD genommen wird, drückt sie schon mal ein Auge zu ... Außer bei den Dealern natürlich ...«

»Hast du schon mal gehascht?«

»Ja. Zweimal.«

»Mochtest du es nicht?«

»Nein. Statt mich anzuregen, hat es mich schläfrig gemacht.«

»Und LSD?«

»Davon wurde mir hundeelend ... Wie du siehst, findet man im Quartier Maubert noch ganz normale junge Leute ... Auf dein Wohl ... Ich heiße Martin, und das ist Louis, aber seines wilden Aussehens wegen nennen wir ihn meistens den ›Schrecklichen‹ ...«

Er blinzelte ihr fragend zu und sah dabei auf die Uhr.

Sie zwinkerte zurück, als Zeichen der Einwilligung.

»Du, Louis, wie wär's, wenn wir gingen?!«

»Gern. Du bist mit dem Bezahlen dran.«

Louis verließ sie freiwillig, denn er hatte sein Mofa vor der Tür stehen. Odile blieb mit demjenigen der beiden, der Martin hieß, allein auf der langen, spärlich beleuchteten Straße zurück.

Eine ganze Weile gingen sie schweigend nebeneinander her und horchten auf das Geräusch ihrer Schritte. Dann geschah etwas, das Odile erbeben ließ, etwas, auf das sie nicht gefaßt war. Sanft und zaghaft hatte ihr Gefährte seine Hand unter ihren Arm geschoben, so daß sie nun wie ein Liebespaar gingen.

Es war nichts weiter, aber es rührte sie. Es hob ihre Begegnung auf eine neue Ebene. Sie erinnerte sich nicht, daß je ein Mann mit ihr Arm in Arm gegangen war.

»Wohnst du hier im Viertel?« fragte sie, um irgend etwas zu sagen.

»Nicht weit von hier. Rue du Bac. Wir dürfen keinen Lärm auf der Treppe machen, und wenn wir durch den Salon gehen ...«

Er lachte, und sein Lachen klang sehr jungenhaft.

»Das Haus ist ein altes Stadtpalais, das in Einzelwohnungen aufgeteilt worden ist. Meine Vermieterin bewohnt seit langem einen Flügel im dritten Stock, und da es für sie allein zu groß ist, vermietet sie zwei möblierte Zimmer weiter.

Sie stellt zwei Bedingungen an ihre Untermieter. Die erste ist, nicht in den Zimmern zu kochen und im Prinzip auch nicht dort zu essen. Die zweite ist, keinen Damenbesuch mitzubringen.«

»Eine Bedingung, die du, glaube ich, nicht oft erfüllst.«

»Anders als du denkst, komme ich höchst selten in Gesellschaft nach Hause, und die alte Madame Boildieu hat mich noch nie erwischt. Sie muß wohlhabend gewesen sein, denn die Möbel sind prachtvoll. Auch die Teppiche ...«

In der Toreinfahrt befand sich eine Tür, und er hatte den Schlüssel dazu. Sie stiegen leise in die zweite Etage hinauf und drückten noch einmal den Zeitschalter für die Treppenhausbeleuchtung.

Er legte einen Finger auf die Lippen und zog einen zweiten Schlüssel aus der Tasche. Alles war dunkel und still. In dem großen Salon drang nur ein schwacher Lichtschein durch die Fensterläden.

Er nahm sie an der Hand, um sie zu führen, und sie gelangten in eine Diele, wo er vor einer Tür stehenblieb. Er brauchte nur den Knauf zu drehen, um sie zu öffnen, dann schloß er sie wieder. Der Schlüssel steckte innen.

»Da wären wir!«

Er machte Licht und küßte sie. All das geschah beinahe wie in einem Traum. Das Zimmer war sehr groß, mit einer hohen Decke, und purpurrote Seidenvorhänge verhüllten die Fenster.

Das Bett war für die Nacht gerichtet.

»Keine Angst«, flüsterte er. »Von nun an ist uns alles erlaubt, nur nicht laut zu sprechen.«

»Ich habe keine Angst...«

Wäre sie schon früher einem Jungen wie Martin begegnet, hätte sie sich vielleicht verliebt, und vieles wäre anders gekommen.

Er küßte sie sacht, und sie spürte bei ihm echte Zärtlichkeit. Es war beinahe, als merke er, daß sie trotz ihres selbstsicheren Auftretens noch ein Kind war.

»Was möchtest du trinken? Cognac oder Wein? Das ist alles, was ich dahabe, und der Wein ist nicht berühmt...«

»Dann eben Cognac...«

Während er die Flasche und Gläser aus einem antiken Schrank holte, zog sie ganz unbefangen ihre Jacke aus. Die Möbel, alle Louis-quinze, waren aus wunderschön poliertem Holz.

»Auf dein Wohl...«

»Auf uns beide...«, verbesserte er. »Ich möchte, daß du diesen Abend in guter Erinnerung behältst. Ich weiß nicht, ob ich dich wiedersehe, denn du kehrst sicher nach Lausanne zurück...«

»Ich gehe bald fort, ja...«

So mit gedämpfter Stimme zu reden und dabei immer mehr oder weniger die Ohren zu spitzen gab ihrer Unterhaltung etwas Geheimnisvolles, Romantisches.

»Schade«, sagte er, »daß ich dir nicht früher begegnet bin.«

»Ich glaube, ich bedaure es auch.«

Mit sachten, geschickten Bewegungen knöpfte er ihre Bluse auf und zog sie ihr aus, dann den BH, den er auf einen Stuhl legte.

»Sind meine Hände auch nicht zu kalt?«

»Nein...«

Von den Abenteuern, die sie hinter sich hatte, war keines so gewesen wie dieses. Er bemühte sich, ihr die Hose auszuziehen, aber das war schwieriger.

»Laß nur... Ich mach das schon...«

Und sie setzte sich auf den Bettrand, um ihre Beine frei bewegen zu können. Sie empfand keinerlei Verlegenheit, keinerlei Scham. Nun hatte sie nur noch einen leichten Slip auf dem Leib und streifte auch den noch ab.

»Ziehst du dich nicht aus?«

»Ist das Licht nicht zu hell?«

»Die Nachttischlampe würde genügen, oder?«

Der Lampenschirm war aus roter Seide, wodurch das Zimmer in rötliches Licht getaucht wurde.

Er war der Befangenere von beiden. »Es ist das letztemal, meine Liebe...«, dachte Odile.

Er glitt neben sie und liebkoste sie.

»Ich bin mager, stimmt's?«

»Du bist dünn, schlank, aber nicht mager.«

»Ich sollte fünf Kilo mehr wiegen.«

»Und wo würdest du die hintun? Du möchtest zunehmen, dabei quälen sich die meisten Frauen, um abzunehmen...«

Als seine Zärtlichkeiten intimer wurden, schloß sie die Augen, und bald war er auf ihr, drang langsam in sie ein. Einen Augenblick lang dachte sie, sie würde zum erstenmal wirkliche Lust empfinden. Ein Anfang war da, und sie verharrte wie in der Schwebe, mit angehaltenem Atem, aber die Empfindung verflog wieder.

Sie ließ sich nichts anmerken. Sie hatte die Augen wieder geöffnet und betrachtete ihn. Er schien so glücklich! Selten hatte sie solche Verzückung im Gesicht eines Mannes gesehen.

»Du brauchst nicht aufzupassen...«

Das war jetzt nicht mehr wichtig. Sie würde gar nicht mehr dazu kommen, schwanger zu sein.

Es war ein Fehler gewesen, daran zu denken. Als sie spürte, wie er in ihr kam, rannen ihr Tränen über die Wangen. Sie weinte nicht heftig. Sie schluchzte nicht. Sie schluckte nur ein paarmal.

»Habe ich dir weh getan?«

»Nein. Achte nicht darauf.«

»Es ist nicht das erste Mal, stimmt's?«

»Nein. Ich werfe dir nichts vor. Es ist eine ganz persönliche Sache. Ich bin blöd...«

Die Tränen flossen immer noch, sehr warm; und sie schmeckten genauso wie die Tränen in Ouchy.

Damals war sie acht gewesen. Eines Tages hatte ihre Mutter sie ernsthaft gescholten, weil sie sich im Salon versteckt hatte, während die Mutter mit Freundinnen dort Karten spielte.

Als man sie entdeckte, war sie böse geschüttelt worden.

»Geh in dein Zimmer hinauf, und laß dich ja nicht mehr dabei erwischen, daß du dich versteckst...«

Was in ihr vorherrschte, war das Gefühl der Ungerechtigkeit. Sie hatte gar nicht vorgehabt, die Großen zu belauschen. Oder war das nicht doch ein wenig ihre Absicht gewesen?

›Sie haßt mich, und ich hasse sie auch...‹

Sie führte Selbstgespräche.

›Ich werde dafür sorgen, daß sie mich los sind, und ich werde sie auch lossein.‹

Auf Zehenspitzen war sie hinuntergeschlichen. Sie hatte den Garten durchquert und war durch das Gittertor getreten. Sie lief geradeaus die Straße hinab und bald darauf durch den Parc de Mon-Repos, den sie gut kannte. Sie war schon hundertmal zum Spielen hiergewesen, aber sie schaute nicht um sich.

Sie setzte ihr Selbstgespräch fort: ›Wieso spielen die Großen denn bloß den ganzen Nachmittag Karten... Sie tut nichts anderes... Sie käme nie auf die Idee, der armen Mathilde zu helfen, die alt ist und sich um alles kümmern muß... Olga, die Zugehfrau, ist zwar auch noch da, aber die kommt nur viermal in der Woche und bleibt nur vormittags... Anscheinend ist sie sehr krank und weiß es nicht...‹

Sie ging immer weiter. Sie wollte weit fort von der Villa. Sie fragte sich nicht, was danach geschehen würde.

Wollte sie damit ihre Mutter bestrafen? Jetzt lief sie durch Straßen, die sie nicht kannte, und war ganz überrascht, als sie entdeckte, daß sie sich unten am See in Ouchy befand.

Sie setzte sich auf eine Bank. Jetzt erst sprudelten ihr die Tränen aus den Augen, heiße, sehr salzige Tränen, nur von ganz wenigen Schluchzern begleitet. Sie hatte kein Taschentuch, um sie abzuwischen. Sie hatte noch die Schürze um, die sie zu Hause in der Villa trug.

»Was hast du denn, kleines Mädchen?«

Die Dame mußte schon alt sein. In ihren Augen waren fast alle Erwachsenen alt, ihr Vater und ihre Mutter eingeschlossen.

»Nichts, Madame...«

»Ist jemand bei dir?«

»Nein.«

»Wohnst du hier im Viertel?«

»Nein.«

»Weißt du, wo du wohnst?«

»Avenue de Jaman...«

»Und du bist zu Fuß von dort gekommen?«

»Ja.«

»Wissen deine Eltern, daß du hier bist?«

»Ich habe ihnen nicht gesagt, daß ich weggehe.«

»Wohin wolltest du gehen?«

»Weiß ich nicht. Irgendwohin. Meine Mutter hat mich geschimpft und mich geschüttelt. Ich wollte sie bestrafen...«

»Komm mit, ich bringe dich nach Hause zurück.«

Sie nahm sie an der Hand und führte sie zu einer Reihe Taxis.

»Welche Hausnummer?«

»Villa ›Zwei Linden‹, aber davon ist nur noch eine da...«

Ihr Vater öffnete die Tür, denn seine Frau hatte ihn alarmiert. Sie selbst lief gerade durch die Straßen des Viertels, ebenso Mathilde.

»Ich danke Ihnen, Madame. Ich muß gestehen, daß ich sehr beunruhigt war...«

»Sie haben eine sehr kluge, brave Tochter...«

Sie erinnerte sich nicht nur an die Tränen, sondern auch an die Worte, die gesprochen wurden. Ihr Vater hatte sie in den Arm genommen, was er fast nie tat, und hatte sie geküßt. Ihre Mutter war als erste zurückgekehrt.

»Ist Odile zurück?«

»Sie spielt in ihrem Zimmer. Eine reizende alte Dame hat sie zurückgebracht. Geh jetzt besser nicht hinauf, sprich nicht darüber...«

Nach so langer Zeit erinnerte sie sich noch immer ihrer Tränen, und sie weinte wie früher, während sie nackt in den Armen eines Mannes lag, den sie noch vor einigen Stunden gar nicht kannte.

»Achte nicht darauf...«

Und wieder sagte sie sich: ›Es ist das letzte Mal...‹

Er holte ein Taschentuch aus der Kommodenschublade, um ihre Tränen zu trocknen, und meinte scherzhaft:

»Schneuze dich auch gleich ...«

Bald darauf wollte er noch einmal, und sie weinte nicht mehr. Sie fühlte sich wohl. Ihr Körper war entspannt. Sie dachte an nichts. Sie wäre gern bis zum Morgen in dem Bett des großen, sympathischen Jungen geblieben.

Er füllte die Cognacgläser.

»Auf die Liebe ...«

Sie seufzte, denn sie wußte wohl, was das Wort bedeutete.

»Auf die Liebe!«

Sie hatte nie geliebt. Sie würde nie lieben. Gerade daß sie zufällig einmal Arme gefunden hatte, in denen sie sich wohl fühlte. Wartete er jetzt nicht darauf, daß sie ging?

Sie verschwand für einen Augenblick im Badezimmer, kam zurück, um sich anzukleiden. Martin war schon fast fertig.

»Du brauchst mich nicht zurückbringen«, sagte sie.

»Du kannst doch nicht allein nach Hause gehen. Wo wohnst du?«

»Nicht weit. Laß mich nur aus der Wohnung hinaus ...«

Diesmal nahm er eine kleine Taschenlampe. Sie an der Hand führend, durchquerte er den Salon, und als sie in die Diele kamen, sahen sie eine Art Gespenst, eine sehr magere Frau im Nachthemd, die sie mit über der Brust verschränkten Armen beobachtete.

Martin beeilte sich, die Lampe auf den Ausgang zu richten, und das Gespenst entschwand.

Sie stiegen rasch die Treppe hinab. Auf dem Trottoir lächelte Martin gezwungen.

»Tut mir schrecklich leid. Jetzt wirst du meinetwegen vor die Tür gesetzt.«

»Mach dir nichts draus. Ich hatte diese für meinen Geschmack allzu beengende Atmosphäre ohnehin allmählich satt. Wohin soll ich dich bringen?«

»Ich sagte dir doch: nirgendwohin. Ich möchte wirklich allein nach Hause gehen. So kann ich nachdenken...«

»Hast du über vieles nachzudenken?«

»Ja.«

»Ernste Dinge?«

»Auch...«

»Ich bin in deine Gedanken wohl nicht eingeschlossen?«

»Ich habe gerade eine der glücklichsten Stunden meines Lebens verbracht.«

»Und doch hast du geweint.«

»Eben deshalb...«

Er legte ihr den Arm um die Schultern und küßte sie lang, sanfter als die ersten Male.

»Werde ich dich wiedersehen?«

»Ich glaube nicht... Es wird Zeit, daß ich nach Lausanne zurückkehre... Würde ich länger bleiben, käme ich ab und zu ins ›As-de-Cœur‹, und wir würden uns irgendwann wiedersehen...«

»Ich werde jeden Abend auf einen Sprung dort vorbeikommen...«

Er sah ihr nach, bis sie am Boulevard Raspail um die Ecke bog. Sie schritt kräftig aus und atmete tief durch. Diese Nacht gehörte ihr. Sie wußte nicht, warum sie das dachte, aber es war wie ein Leitmotiv.

Wenn sie einen Mann wie Martin heiraten würde...

Dazu war es zu spät, viel zu spät. Wenn sie ihm von all den Erfahrungen erzählen würde, die sie gemacht hatte, würde ihm ohnehin die Lust vergehen. Vielleicht würde er in der ersten Zeit über ihre Abenteuer hinwegsehen. Aber später? Würden dann nicht Vorwürfe kommen?

Sie fragte sich plötzlich, wie es bei ihr angefangen hatte. Die meisten ihrer Freundinnen auf dem Collège schworen, noch nie etwas mit einem Mann gehabt zu haben, bis auf ein paar Küsse, heimliche Berührungen. Sie wußte, daß zwei von ihnen logen, aber die mokierten sich ohnehin über alles.

Die eine, Émilienne, mußte hier im Viertel wohnen. Sie war in Vevey auf die Kunstgewerbeschule gegangen.

Und weil Émilienne jeden Morgen mit dem Zug nach Vevey fuhr, wollte Odile ebenfalls nach Vevey. Mehrere Monate waren sie dicke Freundinnen gewesen. Émilienne hatte ihr von ihren Abenteuern erzählt. Sie fand es ganz natürlich, mit den Männern ins Bett zu gehen.

Auch andere mußten davon wissen. Doch niemand warf einen Stein auf sie. Sie hatte zu allen ihren Freundinnen nach wie vor ein gutes Verhältnis, außer zu Odile, der sie vorwarf, hochnäsig zu sein.

Jetzt war sie in Paris und studierte Kunstgeschichte.

Sie würde heiraten, Kinder kriegen und ihre Abenteuer für immer begraben.

Dann war da noch Élisabeth Ajoupa. Sie war brünett, mit großen dunklen Augen und einem lässigen Gang. Schon mit sechzehn war sie sehr entwickelt, sehr weiblich.

Odile beneidete sie um ihren Busen. Sie hatten sich angefreundet und waren eines Samstagnachmittags zusammen ins Kino gegangen.

»Hast du schon mal mit einem Mann geschlafen?« hatte Élisabeth sie nach einer ziemlich gewagten Szene auf der Leinwand gefragt.

»Nein. Und du?«

»Ich schon. Aber sag's nicht weiter. Mein Vater bringt mich um, wenn er davon erfährt... Der erste war ein Freund unserer Familie. Er ist mit einer bildschönen Frau verheiratet, die viel schöner ist als ich. Er hatte für unsere Treffs ein Appartement in Pully gemietet... Danach habe ich noch andere gehabt, drei...«

Sie hielt drei Finger hoch, als ob das wichtig wäre.

Sie hatten sich aus den Augen verloren. Ein Jahr später hatte Odile eine Vermählungsanzeige aus Beirut erhalten. Élisabeth Ajoupa heiratete einen Arzt mit einem schwer auszusprechenden Namen.

Sie hatte gar nicht gemerkt, wie weit sie schon gegangen war. Jetzt ging sie die Seine entlang, auf der sich der Mond spiegelte. Sie hatte keine Angst. Sie dachte nicht daran, daß jemand es auf ihre Handtasche abgesehen haben könnte. Zwei Polizisten der Fahrradstreife drehten sich verwundert nach ihr um, und einer machte kehrt, um sie zu warnen.

Sie war gar nicht auf die Idee gekommen, ein Taxi zu nehmen. Sie wollte nachdenken, nachdenken, bis es schmerzte. Sie rauchte eine Zigarette nach der anderen. Die zwei Cognacs nach dem vielen Gin machten ihren Gang, vielleicht auch ihren Geist, matt und schwerfällig.

›Es muß sein, nicht wahr?‹

Sie lehnte sich nicht auf. Ihr Entschluß stand fest. Sie hatte ihn Bob mitgeteilt. Vielleicht hatte dieser mit ihrem Vater darüber gesprochen?

Sonderbarerweise war ihr der Vater aus der Ferne sympathischer. Er erinnerte sie an einen großen Hund, vor dem man erst entsetzlich Angst hat und der dann in Wirklichkeit ganz sanftmütig ist.

Wie der Bernhardiner, als sie klein war. Er hatte den Leuten im Nachbarhaus gehört. Manchmal kam er in ihren Garten, vor allem, wenn sie dort spielte.

Er mußte sich seines bedrohlichen Aussehens bewußt gewesen sein, denn wenn er sie sah, ließ er sich auf den Bauch nieder und kroch auf sie zu. Sie waren dicke Freunde geworden, und sie lief in die Küche, um Zukkerstückchen oder Bonbons für ihn zu holen.

Mathilde schalt mit ihr, denn sie hatte eine beinahe krankhafte Angst vor Hunden.

»Wie kannst du bloß mit diesem Untier spielen?«

»Das ist kein Untier, das ist ein Hund.«

»Ein Hund, der dich auf einen Happen verschlingen könnte...«

»Wenn ich ihm etwas zu fressen gebe, nimmt er es so behutsam, daß ich nicht mal seine rauhe Zunge spüre.«

Warum kam ihr diese Erinnerung? Ach ja, weil sie an

ihren Vater gedacht hatte. Wann und warum hatte er sich in seine Mansarde zurückgezogen? Sie würde es nie erfahren. Er saß schon dort oben, als sie geboren wurde. Der Großvater lebte noch im Haus, und das jetzige Wohnzimmer war sein Arbeitszimmer.

Man durfte nicht zu ihm hineingehen, ohne dazu aufgefordert worden zu sein. Sie erinnerte sich vor allem an seinen gepflegten weißen Bart, über den er mechanisch mit den Fingern fuhr.

Lange Zeit hatten sie und ihr Bruder ihre Mahlzeiten in der Küche eingenommen. Als sie dann etwa sechs Jahr alt war, durften sie und Bob im Eßzimmer essen, unter der Bedingung, daß sie dabei nicht sprachen.

Nun, auch die Erwachsenen sprachen nicht, so daß sich die Mahlzeiten immer schweigend vollzogen. Ihr Großvater kümmerte sich nicht um sie. Damals wußte sie noch nicht, daß er den Tod seiner Frau nie verwunden hatte und sich in den letzten zehn Jahren seines Lebens immer gewünscht hatte zu sterben.

Eines Abends hatte es im Treppenhaus ein Kommen und Gehen gegeben, ein Flüstern und Murmeln im Zimmer des Alten.

Vor dem Gittertor hatte ein Auto angehalten. Odile wagte nicht, ihre Zimmertür zu öffnen, und Bob, der noch mit ihr in einem Zimmer schlief, hörte nichts.

Am nächsten Morgen hatte sie erfahren, daß ihr Großvater gestorben war. Er hatte seinen Sohn gerufen, lange Zeit leise mit ihm gesprochen, dann war es zu Ende gegangen, noch bevor der Doktor eintraf.

5

Beinahe hätte sie ihren Vater angerufen, ohne zu bedenken, daß es vier Uhr morgens war und er im Schlafanzug ins Wohnzimmer hinuntergehen müßte.

Sie wußte nicht einmal, was sie ihm sagen sollte. Noch vor acht Tagen hatte sie ihn gehaßt und für einen alten Egoisten gehalten. Jetzt sah sie ihn auf einmal in einem neuen Licht, als einen resignierten Mann, der sich sein eigenes kleines Leben geschaffen hatte.

Sie hatte Lust, seine Stimme zu hören. Worüber hätte sie mit ihm sprechen sollen? Aus der Ferne kam ihr die Villa und auch das Leben, das sie dort geführt hatte, weniger trübselig vor.

Sie dachte nur an sich. Sie kam nie auf den Gedanken, daß sie die Leute belästigte, und fand es normal, daß sie zu ihrer Verfügung standen, und sei es für eine flüchtige Laune.

Hatte sie deswegen nicht ihre Freundinnen verloren? Hinterher nahm sie es sich selbst übel, verabscheute sich, bat um Verzeihung. Sie war ehrlich. Sie sah sich selbst mit grausamer Ehrlichkeit, aber eine Woche später fing sie von vorne an.

Wenn sie ihren Vater letztlich nicht anrief, dann nicht aus Rücksicht auf seinen Schlaf, auch nicht um zu vermeiden, daß er sich Sorgen machte, sondern weil ihr im letzten Moment nichts zu sagen einfiel.

Eben noch, während sie die Seine entlangging, war sie voller Ideen gewesen, die ihr gut schienen. In diesem Augenblick hatte sie das Bedürfnis verspürt, sich auszusprechen, und hätte sich dem Erstbesten anvertraut. Sie brauchte Nähe.

Sie wollte angehört, verstanden, ermutigt werden.

Jetzt, in ihrem häßlichen und schlecht beleuchteten Zimmer, fühlte sie sich leer. Nie zuvor hatte sie sich so einsam gefühlt. Sie lag völlig angezogen auf dem Bett und starrte die Zimmerdecke an.

Warum sollte sie nicht Bob anrufen, der sich fast mit Sicherheit in der Rue Gay-Lussac befand? Er war im Bilde. Er würde erleichtert sein, von ihr zu hören. Sie würde seine Stimme hören. Ihr war danach, eine vertraute Stimme zu hören.

Dann verwarf sie diesen Gedanken schnell wieder.

Ja, wenn sie krank werden würde, nicht hier in diesem Hotelzimmer, wo ihr die Klinik blühte, sondern in Lausanne, dann würde alles gut werden. Man würde Doktor Vinet rufen. Der kannte sie genau. Zu ihm in die Praxis ging sie, um sich auszusprechen, wenn sie sich nicht wohl in ihrer Haut fühlte.

Sie wußte nicht, was für eine Krankheit sie gern gehabt hätte. Etwas, das ihre Umgebung in Schrecken versetzte und dabei für sie selbst nicht lebensbedrohlich war. Etwas auch, wovon sie nicht häßlich wurde und keine Körperbehinderung zurückbehielt.

Solche Überlegungen hatte sie schon sehr früh gemacht. Sie dürfte nicht älter als zehn gewesen sein, da dachte sie schon ab und zu an eine »nette Krankheit«, wie sie es nannte.

Da war sie sich jetzt nicht mehr so sicher. Irgendwo in einer Zeitung oder einer Zeitschrift hatte sie einen Artikel über Selbstmord gelesen. Darin war von Barbituraten und anderen Medikamenten die Rede gewesen. Eine allzu starke Dosis, so hieß es, führe entgegen der allgemeinen Ansicht selten zum Tod, weil sie Brechreiz hervorrufe.

Sie kannte die Dosis nicht. Sie wollte nicht in einem vollgekotzten Bett gefunden werden.

Aus einem ganz ähnlichen Grund widerstrebte es ihr auch, den Revolver ihres Vaters zu benutzen. Um sicherzugehen, daß sie richtig traf, müßte sie auf ihren Kopf zielen, mit dem Risiko, sich das halbe Gesicht wegzureißen.

Sie wollte nicht hier in diesem gräßlichen Zimmer sterben. Warum dachte sie da nicht eher an den wunderschönen Abend, den sie eben verbracht hatte, wo endlich einmal das Glück mit ihr war!

Der junge Mann, den sie vor wenigen Stunden noch nicht einmal kannte, hatte sich rührend und sogar zärtlich um sie bemüht. Sie dachte an den Augenblick zurück, als er sich ganz selbstverständlich bei ihr untergehakt hatte.

Und wie sie leise die dunkle Treppe hinaufgeschlichen waren. Und an das Gespenst der alten Frau, das plötzlich vor ihnen stand, als sie hinausgingen.

Alles das war gut. Das war Leben. Leider geschah so etwas nur einmal alle heiligen Zeiten, und da waren all die anderen Tage, all die anderen Nächte, die man hinter sich bringen mußte.

Endlich schlief sie ein. Sie stand nicht mehr auf, um

sich auszuziehen. Sie schreckte hoch, als es an der Tür klopfte. Sie blickte auf die Uhr und sah, daß es schon Mittag vorbei war.

Sie ging genau in dem Moment die Tür öffnen, als das Zimmermädchen einen Generalschlüssel ins Schlüsselloch steckte.

»Ach! Ich sehe, Sie sind aufgestanden! Entschuldigen Sie, daß ich angeklopft habe, aber ich dachte, Sie sind ausgegangen...«

Das stimmte nicht. Es brachte ihr Pensum durcheinander, wenn ein Hotelgast bis in den Nachmittag hinein im Bett blieb.

»In einer halben Stunde bin ich draußen.«

Sie wollte auf der Stelle weg von hier. In diesem Zimmer erstickte sie. Sie duschte, stopfte ihre Sachen in den blauen Koffer und die Toilettentasche.

»Sie verlassen uns?«

»Ja.«

Sie gab ihr absichtlich kein Trinkgeld. Im Erdgeschoß steuerte sie auf die Kasse zu.

»Würden Sie mir die Rechnung geben?«

»Sie reisen ab?«

»Ja.«

»Kehren Sie schon nach Lausanne zurück?«

»Ja...«

Sie bezahlte. Wenn sie vor dem Hotel ein Taxi nähme, wüßte man, daß sie nicht mit dem Zug abgefahren war. Deshalb überquerte sie den Platz, trat in den Bahnhof und ging durch eine andere Tür wieder hinaus.

Der Chauffeur drehte sich fragend zu ihr um.

»Wo soll ich Sie absetzen?«

Sie wußte es nicht. Es war wichtig, denn es war der Ort, an dem sie ihre letzten Stunden verleben würde.

»Lassen Sie mich am Carrefour Saint-Michel hinaus...«

Sie kam sich ein wenig verloren vor, mit ihrem Koffer und ihrer Toilettentasche in der Hand. Aber sie befand sich an der Rive Gauche, wo sie sich mehr oder minder heimisch fühlte.

Sie nahm linker Hand eine Straße, die sie nicht kannte, die Rue de la Harpe, und ging eine Zeitlang den Bürgersteig entlang, wobei sie auf die Aushängeschilder achtete.

Schließlich stand sie vor einem Hotel, das vor kurzem frisch getüncht worden war, mit einer großen Topfpflanze zu beiden Seiten der Tür.

Im Hausinnern, das mit hellem Holz getäfelt war, roch es angenehm nach Farbe. Die Frau, die an der Rezeption stand, war jung und hübsch, und auf dem Linoleumboden krabbelte ein Baby herum.

»Haben Sie ein freies Zimmer?«

»Für wie lange?«

»Weiß ich nicht.«

»Grundsätzlich vermieten wir nicht gern für eine einzige Nacht. Unsere Gäste mieten fast alle wochen- oder monatsweise. Manche wohnen schon seit mehreren Jahren hier.«

»Ich bleibe bestimmt einige Tage.«

»Würden Sie mir Ihren Ausweis geben?«

Man lächelte ihr zu.

Die Frau nahm einen Schlüssel vom Schlüsselbrett,

hob das Kind vom Boden auf und behielt es auf dem Arm.

»Sie müssen entschuldigen, aber zu dieser Zeit habe ich niemanden, der auf ihn aufpaßt...«

Im zweiten Stock machten sie halt. Es gab keinen Aufzug. Der Teppichboden war neu. Das sehr helle Zimmer war ebenfalls frisch getüncht.

»Hauptmahlzeiten gibt es bei uns nicht, aber das Frühstück ist inbegriffen.«

»Danke. Es gefällt mir...«

Sie machte ihren Koffer auf und verteilte den Inhalt im Wandschrank und in den Schubladen. Die Flakons aus der Toilettentasche fanden auf der Konsole im Badezimmer Platz.

Verwirrt blickte sie um sich. Es fehlte nicht viel und sie hätte sich gefragt, was sie hier eigentlich wollte.

Das Zimmer war schön, blitzsauber und sehr geschmackvoll eingerichtet.

Sie war hungrig und ging hinunter, fand ein Stück weiter in der gleichen Straße ein kleines Restaurant mit karierten Tischdecken.

Ihre letzte Mahlzeit? Wahrscheinlich. Und trotzdem überkam sie keine Rührung. Geweint hatte sie in den Armen des jungen Studenten. Jetzt blieben ihre Augen trocken. Durch die Fensterscheibe beobachtete sie das Treiben auf der Straße. Genauso würde es morgen und an jedem anderen Tag sein. Das Leben in Paris würde im gleichen Rhythmus weitergehen. Das in Lausanne ebenso. Und ihr Vater würde allmorgendlich seinen Gesundheitsspaziergang im Parc de Mon-Repos machen, um dann zum Arbeiten in seine Mansarde hinaufzugehen. Ihre Mutter würde mit Freundinnen Bridge spielen. In der ersten Zeit würde man um sie trauern. Dann würde man nicht mehr daran denken.

Sie war für niemanden nützlich. Und niemand kümmerte sich wirklich um sie.

»Bringen Sie mir Kalbskopf, ja... Und dann Lammkoteletts...«

Auch hier war die Umgebung angenehm. Ein wenig künstlich, auf alte Dorfwirtschaft gemacht, aber trotzdem angenehm. Warum trank sie nicht ein Glas Gin?

Das spielte jetzt keine Rolle mehr. Sie konnte alles tun, was ihr in den Sinn kam. In ein, zwei Stunden, noch vor Einbruch der Nacht, würde es ohnehin vorbei sein.

»Herr Ober! Einen Gin Tonic, bitte.«

Sie trank zwei. Sie hatte keine Angst mehr. Sie fühlte sich ruhig und klarsichtiger als sonst.

Was ihr immer gefehlt hatte und was ihr auch jetzt fehlte, war jemand, der sich um sie bemühte. Jemand, der all ihre Gedanken kannte, der sie vor sich selbst beschützte, der ihr sagte, was sie tun und was sie nicht tun sollte.

So etwas wie einen Doktor Vinet, der ausschließlich für sie da war.

Das gab es natürlich nicht.

Bis sie etwa drei Jahre alt war, hatte ihre Mutter diese Aufgabe erfüllt, dann hatte Mathilde sie übernommen.

Bob hatte sie gern. Sie mochte ihn auch, aber er hatte sein eigenes Leben, und außer zu den Mahlzeiten sahen sie sich relativ selten.

Ob wohl Martin, ihr junger Mann von gestern nacht... Ihm hatte sie sich vertrauensvoll hingegeben. Sie waren sich nah gewesen. Aber würde das auch noch so sein, wenn es jeden Tag geschähe?

Alles in allem suchte sie etwas, das es nicht gab, ein Wesen, genauer gesagt, das seine eigene Persönlichkeit und sein privates Leben für sie aufgab. Es mußte jemand sehr Sanftes, Beruhigendes sein, jemand auch, mit dem man sich nicht langweilte...

Sie lächelte spöttisch. Sie sprach im Geist mit sich selbst.

›Geht es wieder mal mit dir durch, Mädchen! Wo du gerade auf das Leben verzichten willst, fängst du an von etwas zu träumen, das nie existiert hat.‹

Es war ein sonniger Tag. Es gab zwei Tische auf der Terrasse, die beide nicht besetzt waren.

»Ist es so recht? Ein bißchen mehr?«

Der Kellner, der sie bediente, hatte einen italienischen Akzent und sah recht gut aus.

»Ein bißchen noch, ja.«

Sie aß mit Appetit, während ihre Familie sich immer beschwerte, weil sie lustlos im Essen herumstocherte.

Wo war Bob jetzt gerade? Wahrscheinlich auch beim Mittagessen, in einem kleinen Restaurant. Er war so ausgeglichen. Er würde einen guten Ehemann abgeben, der Verständnis für seine Frau und seine Kinder aufbrachte.

Was er wohl über sie dachte? Er spielte sich immer unwillkürlich zum Beschützer auf, als betrachte er sie als eine Kranke.

Hatte sie eine seelische Krankheit? Daran hatte sie

schon oft gedacht. Das war einer der Gründe, warum sie so oft zu Doktor Vinet in die Praxis ging.

Vinet hatte mit ihr ebenfalls erstaunlich viel Geduld. Lag das nicht daran, daß er wußte, daß sie nichts dafür konnte, wenn sie so war, wie sie war?

Das Essen war gut. Sie hatte Rotwein bestellt. Sie blickte zerstreut auf zwei Männer, die vor ihr saßen und über den Immobilienmarkt diskutierten. War es nicht erstaunlich, daß so viele Leute sich mit völlig unwichtigen Dingen befaßten?

»Ein Dessert, Mademoiselle?«

»Was haben Sie da?«

»Pflaumenkuchen. Sehr zu empfehlen.«

Sie aß Kuchen, zündete sich dann eine Zigarette an und lehnte den Kaffee ab, der ihr Zittern noch verschlimmern würde.

Und jetzt stand sie auf der Straße. Sie hatte nichts mehr zu tun. Die Leute kamen und gingen, die Taxis, die Lastautos. Alle eilten zu einem Ziel, das sie für wichtig hielten, und wie wichtig hatte auch sie früher ihre wöchentlichen Zensuren in der Schule genommen! Jetzt wußte sie nicht einmal mehr, was aus ihren Heften geworden war.

Es war zwei Uhr vorbei, und die Geschäfte waren wieder geöffnet. Sie trat in eine Apotheke.

»Ein Päckchen Rasierklingen, bitte.«

»Bevorzugen Sie eine bestimmte Marke?«

»Nein.«

Ihr war zum Lachen zumute. Stellte sich der Apotheker vor, sie würde sich damit die Achselhöhlen und vielleicht unten am Bauch rasieren?

Sie durfte nicht zu weit in die eingeschlagene Richtung gehen, denn so würde sie in die Rue Gay-Lussac gelangen.

Sie trödelte herum. Sie nahm es sich übel, daß sie nicht mehr Entschlossenheit an den Tag legte. Nicht etwa aus Feigheit. Sie klammerte sich nicht ans Leben.

Ganz im Gegenteil, bei dem Gedanken, es bald zu verlassen, fühlte sie sich leicht und unbeschwert wie nie zuvor. Sie würde die Last ihres unbedeutenden Selbst lossein und brauchte sich keine Sorgen mehr um die Zukunft zu machen. Niemand vermochte noch etwas zu tun, weder für sie noch gegen sie.

Sie sah sich die Schaufenster an, überrascht über das, was dort ausgestellt war, so als hätte sie nie zuvor Schaufenster betrachtet. Ein Drogist im blauen Kittel stapelte auf dem Trottoir neben der offenen Tür blaue Plastikbecken auf. Zwei Frauen warteten reglos und stumm in einem Friseursalon. Sie hatte sich schon lange nicht mehr frisieren oder sich das Haar waschen lassen. Es reizte sie. Sie wäre gern wenigstens einmal im Leben schön gewesen. Sie ging hinein, sprach mit dem jungen Mädchen hinter dem Ladentisch.

»Wie lange dauert es, bis der Friseur frei ist?«

Man hörte ihn hinter einem geblümten Vorhang herumwerkeln.

»Ich fürchte, heute wird er gar nicht mehr frei sein. Die beiden Damen warten, und um vier Uhr hat er einen Termin und um fünf bereits den nächsten.«

»Danke.«

Dann eben nicht! Sie würde nicht durch das ganze Viertel laufen, um einen verfügbaren Friseur zu finden.

Ihre Beine waren schwer. Sie war gestern abend ja auch viel gelaufen.

Sie kehrte um und ging zum Hotel zurück, das ganz nüchtern ›Hôtel Moderne‹ hieß. Sie lächelte der jungen Frau an der Rezeption zu. Das Baby war nicht da. Wahrscheinlich schlief es in einem anderen Raum.

»Sie möchten Ihren Schlüssel?«

»Ja, bitte.«

»Haben Sie gut zu Mittag gegessen?«

»Sehr gut.«

»Im ›Mario‹, nehme ich an.«

»Ich habe nicht auf das Schild geguckt. Es ist nur hundert Meter von hier . . .«

»Das ist das ›Mario‹. Es ist sehr sauber dort, und sie kochen ausgezeichnet . . .«

Die Leute redeten, um zu reden. Im Grunde hatten sie vielleicht Angst vor der Stille. War es das nicht auch, was sie in der Avenue de Jaman störte?

Von ihrem Vater hörte man praktisch nichts. Auch wenn man genau wußte, daß er dort oben war, von seiner Anwesenheit merkte man nichts. Ihre Mutter verbrachte einen Teil des Tages in ihrem Zimmer, und die übrige Zeit spielte sie Bridge unten im Salon, im ›Neuen Club‹ oder bei ihren Freundinnen.

Nur Bob hörte man, wenn er aus seinen Vorlesungen kam und, vier Stufen auf einmal nehmend, die Treppen hinaufeilte.

Langsam ging sie hinauf und blieb auf dem ersten Treppenabsatz stehen, um hinter sich zu schauen.

Es war zu Ende. Es gab kein Zurück. Leise Wehmut legte sich auf ihr Gesicht.

Wenn sie nur stärker wäre. Stark genug, um es noch einmal zu versuchen. Aber sie hatte es schon so oft versucht!

Sie drehte den Schlüssel im Schloß. Ein Sonnenstrahl fiel schräg ins Zimmer.

Würde es nicht leichter sein, wenn sie die Nacht abwartete? Sie grübelte zuviel. Sie wollte nicht mehr daran denken. Sie hatte alles satt.

Sie schloß das Fenster, das das Zimmermädchen offengelassen hatte, und der Luftzug von draußen hörte auf, die Vorhänge zu bauschen.

Mechanisch putzte sie sich die Zähne. Dann zog sie sich langsam aus und ließ Wasser in die Badewanne laufen.

Als sie sich im Spiegel betrachtete, verspürte sie plötzlich den Drang, ein letztes Mal mit jemandem zu reden.

Von dem jungen Mann von letzter Nacht wußte sie nur den Vornamen, Martin, und er hatte nicht daran gedacht, ihr seine Telefonnummer zu geben.

Als die Badewanne voll war, die Wasserhähne abgedreht, ging sie in ihr Zimmer hinüber, wo eine Schreibmappe auf dem Tisch lag. Sie enthielt drei Briefbögen und drei Umschläge mit dem Namen des Hotels. Sie mußte eine ganze Weile in ihrer Handtasche kramen, bis sie einen Kugelschreiber fand, dessen Ende sie angeknabbert hatte.

Sie saß nackt auf ihrem Stuhl. Zu Hause in ihrem Zimmer saß sie oft so da.

Sie nagte eine Zeitlang an dem Stift, bevor sie zu schreiben begann:

Mein lieber Bob,
diesmal ist es endgültig. Wenn Du diesen Brief erhältst, bin ich tot. Ich hoffe, irgend jemand aus dem Hotel wird eine Briefmarke draufkleben und ihn zur Post geben. Ich bin schon ausgekleidet und bringe es nicht fertig, mich wieder anzuziehen und hinunterzugehen.

Ich weiß nicht mehr, was ich Dir in meinem letzten Brief erzählt habe, den ich Dir in der Aufregung kurz vor meiner Abreise schrieb. Heute bin ich nicht aufgeregt, und ich finde, daß es leicht ist zu sterben. Wenn ich mir noch vier Tage gewährt habe – ich habe sie nicht gezählt, denn die Zeit ist schnell vergangen – dann deshalb, weil ich mir eine Art Aufschub geben wollte. Ich bedaure es nicht.

Ich habe viel nachgedacht in diesen Tagen und bin auf niemanden mehr böse. Ich glaube, ich habe viel gelernt. Ich sehe die Leute und die Dinge jetzt nicht mehr in der gleichen Weise.

Ich neigte dazu, für meine ewige Mutlosigkeit die Atmosphäre verantwortlich zu machen, die bei uns zu Hause herrscht, und ich denke immer noch, daß sie nicht gerade lustig ist, aber Mama und Papa können nichts dafür. Ich bin sicher, daß es bei anderen Leuten noch viel trauriger zugeht und die Kinder trotzdem glücklich sind.

Der Beweis dafür ist übrigens, daß Du der starke Mensch geworden bist, der Du bist.

Weißt Du, daß ich Dich oftmals beneidet habe? Und Dir Deine Charakterstärke sogar übelgenommen habe! Ich hatte immer ein wenig Angst vor deinen Blicken, denn ich fürchtete, Spott oder Mitleid darin zu lesen.

Ich weiß jetzt, daß das falsch ist. Das ist wie mit Papa, den ich überhaupt nicht mehr lächerlich finde. Natürlich führt er ein eintöniges Leben, aber auch nicht eintöniger als die Männer, die zu einer festen Zeit in ihr Büro und wieder nach Hause gehen.

Selbst Mama, die so eine harmlose Leidenschaft gefunden hat...

In dieser ganzen, ziemlich üblen Geschichte gibt es nur eine Schuldige, und die bin ich. Bisweilen ist mir dieser Gedanke gekommen, aber gleich darauf habe ich mir wieder die Rolle der Guten zugeteilt.

Ach ja, da fällt mir ein, schenk meine Gitarre jemandem, der sich keine leisten kann, denn Du selbst spielst ja nicht. Verschenk auch meine Ski und meine Schlittschuhe. Ich verlasse mich da ganz auf Dich.

Ich möchte, daß zu Hause nichts, was mir gehört, aufbewahrt wird. Ich kann Andenken nicht leiden. Glücklicherweise bin ich nicht allzuoft fotografiert worden. Ach ja! Da haben wir noch so einen Fall von falscher Interpretation. Bei Émilienne gab es jede Menge Fotografien von ihr in allen möglichen Posen. Ihr Vater hat sie aufgenommen.

Ich habe mir gesagt, daß Émilienne hübsch ist und deswegen so oft fotografiert wird. Ich bin nicht hübsch, das weiß ich, und es gibt niemanden, der je Fotos von mir knipste, nicht einmal Du.

Ich habe vier Tage lang soviel über mich nachgedacht, daß sich mir der Kopf gedreht hat. Du weißt, ich bin keine Träumerin, und ich bin auch nicht romantisch. Ich neige dazu, die Leute und die Dinge nüchtern zu sehen.

Ich glaube, jetzt weiß ich, woran es liegt. Es sind meine Kontaktschwierigkeiten. Habe ich das schon in meinem Brief in Lausanne geschrieben? Möglich. In diesem Fall bitte ich um Entschuldigung.

Im Collège gab es Cliquen, genauso wie zu Deiner Zeit. Manchmal fand ich Zugang zu einer davon. Ich bin immer bestens aufgenommen worden. Zwei oder drei Wochen ging alles gut. Man fand mich sympathisch und voller guter Ideen.

Dann, ohne offensichtlichen Grund, fühlte ich mich unter meinen Kameradinnen fremd. Es gab immer mindestens eine, die mich fragte:

»Haben wir dir was getan?«

»Nein. Wieso?«

»Weil du verändert bist. Du schaust uns kaum an. Du läufst gleich nach dem Unterricht davon und findest immer eine Ausrede, um nicht zu unseren Treffen zu kommen . . .«

So ist es wirklich, und es gilt sogar für die Umgebung, in der ich mich aufhalte. Es kommt vor, daß ich an der Bordsteinkante stehenbleibe und mich frage: »Was will ich hier eigentlich?«

Da wird mir ganz schwindlig, und ich habe das Gefühl, zu schwanken und gleich umzufallen, und bin nahe daran, irgendeinen Passanten anzusprechen: »Monsieur, könnten Sie mich bitte nach Hause bringen? Ich fühle mich nicht wohl.«

Du weißt das alles und hast oft behauptet, ich würde es mir nur einbilden. Doktor Vinet sagt das auch, und trotzdem hat er mir Beruhigungsmittel verschrieben.

Wenn ich krank bin, warum sagt man es mir nicht?

Vielleicht würde das die Angst vertreiben, in der ich lebe.

Übrigens bin ich hier in Paris zehnmal mehr gelaufen als in Lausanne je und war gar nicht müde. Jetzt gerade habe ich überhaupt kein Kopfweh. Mir tut gar nichts weh, und ich könnte stundenlang weiterschreiben.

Es kommt mir vor, als hätte ich noch so viel zu sagen. Bald werde ich nicht mehr sprechen. Die Verbindung mit meinesgleichen wird endgültig abgebrochen sein. Meinesgleichen? Ich hoffe für sie, daß sie mir nicht gleichen. Ich bin bestimmt nicht das einzige Exemplar meiner Art, aber die anderen kennen wir nicht.

Auf! Ich muß mich entschließen, Dich zu verlassen. Ich glaube, daß Du derjenige bist, an den ich in meinem letzten Augenblick denken werde. Denk auch Du ab und zu an mich, ja?

Ich möchte ganz nah bei Dir sein, ich möchte, daß Du mich fest an Deine Brust drückst und mir zerstreut über den Kopf streichst, wie Du es manchmal tust.

Du siehst, ich nehme schöne Erinnerungen mit.

Ich lese meinen Brief nicht mehr durch. Entschuldige die Fehler und Wiederholungen, wenn welche drin sind. Entschuldige auch den Brandfleck von meiner Zigarette.

Wenn Doktor Vinet mit Dir über mich spricht, dann sage ihm, daß ich bei drei Schachteln pro Tag angelangt bin und daß ich nach und nach Gefallen am Gin gefunden habe.

Ciao! Ich umarme Dich ganz fest. Lebwohl, Bruderherz!

Deine Odile

Sie verharrte eine Zeitlang, ins Leere starrend, dann fügte sie unter ihre Unterschrift noch hinzu:

PS: Auch diesen Brief bitte ich Dich nicht Papa und Mama zu zeigen. Ich möchte, daß das alles unter uns bleibt und niemand sonst davon erfährt. Danke.

Sie schrieb auf ein Kuvert den Namen ihres Bruders und als Adresse ›*Hôtel Mercator*‹, *Rue Gay-Lussac.* Dann schrieb sie darunter: *Expreß.*

Sie kramte in ihrer Handtasche und nahm Kleingeld heraus, das sie auf den aufzugebenden Brief legte. Dann fiel ihr die Zimmermiete ein.

Madame,
ich möchte mich für den Ärger entschuldigen, den ich Ihnen bereite. Die zweihundert Francs sollen Ihnen die Miete und die Unannehmlichkeiten vergelten.

Sie sind sehr freundlich zu mir gewesen, dafür bin ich Ihnen dankbar.

Sie schob das Blatt unter die beiden Banknoten und stand auf. Sie war fertig. Sie ging ans Fenster und sah auf die Straße hinaus, die durch die Mousselinvorhänge hindurch leicht dunstig wirkte.

›Die Straße wird dieselbe sein, morgen, übermorgen, viele Jahre lang, mit den gleichen Geräuschen, den gleichen Leuten auf den Gehsteigen.‹

Sie zündete sich eine Zigarette an und ging festen Schrittes ins Badezimmer hinüber, stieg über den Wannenrand.

Sie mußte wieder hinaussteigen, denn sie hatte die Rasierklingen auf dem Tischchen vergessen. Sie nahm eine, setzte sich mit ausgestreckten Beinen ins Wasser.

Der Zigarettenrauch ließ sie blinzeln. Sie hatte keine Angst. Sie war ruhig. Sie hatte sich vorgenommen, zwei oder drei Schlaftabletten zu nehmen, für alle Fälle, aber sie brauchte sie gar nicht. Sie suchte nach der Vene an ihrem Handgelenk und machte einen langen Schnitt mit der Rasierklinge.

Irgend jemand war im Zimmer, jemand, der etwas mit ihrem Arm machte und kräftig nach Tabak roch. Sie wunderte sich, daß sie noch lebte, und öffnete schließlich halb die Lider.

Ein großgewachsener rothaariger junger Mann mit Sommersprossen im Gesicht und an den Händen war damit beschäftigt, ihr einen Druckverband anzulegen. Das Wasser in der Badewanne, in der sie noch immer lag, war leicht rötlich verfärbt, und das verursachte ihr einen Brechreiz.

»Was machen Sie da?«

»Das sehen Sie doch. Einen Druckverband. Keine Angst. Es ist ein sauberes Taschentuch, ich habe es drüben bei mir geholt. Ihre waren zu klein.«

Seine Haut war grobporig wie eine Orange, und seine Augen waren von einem sehr hellen Blau.

»Wieso sind Sie hier?«

»Weil Sie gerufen haben ...«

»Ich?«

Er war fertig.

»Wenn Sie aus dem Wasser steigen wollen ... Haben Sie einen Bademantel?«

»Im Koffer ist einer.«

Er entdeckte einen Bademantel, der hinter der Tür hing, und reichte ihn ihr.

»Da. Ziehen Sie das an.«

Seinem Gesicht war nicht anzusehen, was er dachte.

»Was habe ich gerufen?«

»Sie haben einen schrillen Schrei ausgestoßen, und da zwischen meinem und Ihrem Zimmer nur eine dünne Wand ist, war mir sofort klar, daß es ein Hilfeschrei war.

Ich fürchtete, die Tür abgeschlossen zu finden, aber sie war offen.

Sie waren bewußtlos. Ich rannte in mein Zimmer, um ein sauberes Taschentuch und eine Zahnbürste zu holen, die ich anstelle von einem Stück Holz für den Druckverband benutzt habe.«

»Ich wollte sterben.«

»Na ja, ich nehme nicht an, daß Sie sich zum Spaß so geschnitten haben.«

»Ist es tief?«

»Nicht sehr. Als Sie das Blut sahen, haben Sie instinktiv haltgemacht und geschrien. Nur ein einziges Mal. Ein gellender Schrei ...«

»Ich kann mich überhaupt nicht erinnern.«

Er half ihr aus der Wanne und reichte ihr den weißen Bademantel.

»Ich bin noch kein fertiger Arzt, aber ich studiere im vierten Jahr Medizin und mache gerade mein Praktikum im Cochin-Hospital. Ein Glück, daß ich heute nachmittag Theorie büffeln mußte... Wie fühlen Sie sich?«

»Ich bin völlig verdattert...«

»Ich hole Ihnen ein Glas Schnaps, das hilft Ihnen wieder auf...«

Er kehrte mit einer Flasche Cognac zurück und spülte das Zahnputzglas aus.

»Und Sie?« wandte sie ein.

»Ich habe mir nicht den Puls aufgeschnitten.«

»Werden Sie mir den Verband wechseln?«

»Ich fahre Sie jetzt in die Klinik, wo Sie besser versorgt werden, als ich es hier kann...«

»Bringen Sie mich nicht ins Krankenhaus, ich flehe Sie an! Dort wird man merken, daß es ein Selbstmordversuch war, und die Polizei verständigen...«

»Haben Sie Angst vor der Polizei?«

»Sie wird meine Eltern benachrichtigen... Und ich will um keinen Preis nach Hause zurück...«

»Setzen Sie sich. Sie dürften noch nicht allzu sicher auf den Beinen stehen.«

»Komisch. Ich erinnere mich nicht, daß es weh getan hat.«

»Es hat nicht weh getan... Sie haben aus Angst geschrien und im gleichen Moment die Rasierklinge losgelassen...«

Er schien zu zögern.

»Wohnen Sie in Paris?«

»Nein. Ich bin aus Lausanne.«

»Haben Sie Verwandte hier?«

»Nur eine Tante meiner Mutter, die ich seit mindestens zehn Jahren nicht mehr gesehen habe... Ich will nicht nach Hause ... Wenn Sie mit jemandem sprechen wollen, den ich kenne, dann kann ich meinen Bruder anrufen, der höchstwahrscheinlich in einem Hotel in der Rue Gay-Lussac abgestiegen ist.«

»Ist der Brief hier an ihn?«

»Ja.«

»Ist er nach Paris gekommen, um Sie zu suchen?«

»Ja. Ich hatte ihm geschrieben, daß ich für immer von zu Hause weggehe und daß man nie wieder was von mir hören wird ...«

Sie lächelte ein wenig bitter.

»Es ist schon komisch!«

Sie betrachtete den Platz, wo sie gesessen hatte, um den Brief zu schreiben, dann sah sie auf die Uhr. Weniger als zwanzig Minuten waren vergangen, seit sie den Umschlag zugeklebt hatte.

»Wann kann ich Ihren Bruder sehen?«

»Sobald er ins Hotel zurückkommt. Sie können schon mal anrufen. Dann sehen Sie ja, ob er schon da ist ...«

»Ich habe Dringenderes zu tun. Sie müssen mir versprechen, brav hier auf mich zu warten. Ich gehe in die Apotheke hinunter und hole, was ich brauche ...«

»Sie bringen mich nicht ins Krankenhaus?«

Er sah verlegen aus.

»Sie haben Glück, daß ich noch nicht Arzt bin, denn als solcher wäre ich verpflichtet, den Fall der Polizei zu melden. Ganz korrekt ist es zwar nicht, aber ich hoffe, Sie können schweigen ...«

»Ich verspreche es Ihnen ...«

Sie zündete sich mit einer Hand eine Zigarette an,

während er, ohne seine Jacke überzuziehen, die Treppe hinunterging. Er war groß und breitschultrig.

Sie erinnerte sich nicht, geschrien zu haben, aber jetzt fiel ihr wieder ein, daß sie das Gefühl gehabt hatte, zu fallen, und daß sie versucht hatte, sich irgendwo festzuhalten, vermutlich am Rande der Badewanne.

Glaubte ihr der Medizinstudent? Verdächtigte er sie nicht, den Selbstmord inszeniert zu haben, wohlwissend, daß sie im letzten Moment schreien würde?

Sie hatte nicht ahnen können, daß jemand da war, noch dazu ein angehender Arzt. Er hatte sie im Hotel, in das sie erst an diesem Morgen gekommen war, nie gesehen.

Er trat herein, die Arme voller kleiner Päckchen. Dann holte er einen Spiritusbrenner aus seinem Zimmer.

»Tut es weh?«

»Ein klein wenig... fast gar nicht.«

»Jetzt werde ich Ihnen weh tun müssen...«

Er desinfizierte seine Instrumente, indem er sie durch die Flamme zog, und nähte die Wunde mit fünf Stichen.

Bei jedem Stich zuckte sie zusammen und biß die Zähne aufeinander, denn sie wollte vor ihm nicht stöhnen.

»Ist das alles?«

»Für den Augenblick ja. Morgen muß ich den Verband wechseln und gucken, wie die Wunde aussieht...«

Sein Blick fiel auf die Cognacflasche.

»Möchten Sie noch einen Schluck?«

»Ich glaube, ich könnte noch einen vertragen.«

Er schenkte ihr ein und setzte sich rittlings auf einen Stuhl.

»Sind Sie schwanger?«

Sie fuhr hoch, eher verblüfft als empört.

»Wieso fragen Sie mich das?«

»Weil es oft vorkommt, daß junge Mädchen versuchen Selbstmord zu begehen, weil sie von einem Mann schwanger sind, den sie nicht heiraten können.«

»Bei mir ist das nicht der Fall. Sie haben ›versuchen‹ gesagt. Gibt es viele, die davonkommen?«

»Gut die Hälfte.«

»Wenn Sie nicht zu Hause gewesen wären ...«

»Ich weiß ... Rufen Sie jetzt Ihren Bruder an ...«

Sie verlangte das ›Hôtel Mercator‹ und erkannte Monsieur Bedons Stimme.

»Hier ›Hôtel Mercator‹.«

»Ist Bob Pointet da?«

»Er wohnt hier, aber er ist vor etwa einer Stunde ausgegangen.«

»Sie wissen nicht, wann ich ihn am ehesten erreiche?«

»Kurz vor dem Abendessen, denn abends nimmt er gern eine Dusche ...«

»Danke ...«

»Soll ich ihm nichts ausrichten?«

»Sagen Sie ihm, daß jemand angerufen hat und wieder anruft. Er wird Bescheid wissen ...«

Sie legte auf.

»Genau wie ich dachte. Er kommt erst zur Abendessenszeit zurück, um zu duschen.«

Sie griff nach der nächsten Zigarette, und er hielt ihr ein brennendes Streichholz hin.

»Darf ich?« fragte er und zog eine Pfeife aus der Tasche.

»Natürlich...«

»Wie kommt es Ihnen vor, am Leben zu sein?«

»Ich frage mich eher, wie es mir vorgekommen wäre, tot zu sein.«

»Liebeskummer?«

»Nein. Ich bin nicht verliebt.«

Er schien zu überlegen, seufzte.

»Haben Sie das schon einmal gemacht?«

»Nein.«

»Sie haben noch nie mit dem Gedanken gespielt?«

»Schon oft... Jedesmal, wenn ich eine depressive Phase habe, und die habe ich oft.«

»Wer behandelt Sie?«

»Unser Hausarzt, Doktor Vinet.«

»Sprechen Sie mit ihm über diese Selbstmordgedanken?«

»Ich sage ihm alles.«

»Welche Behandlung wendet er an?«

»Er sagt, ich soll nicht mehr rauchen, dreimal täglich ein Beruhigungsmittel einnehmen und abends zwei Schlaftabletten, denn sonst kann ich nicht einschlafen. Das war schon so, als ich klein war...«

Sie hatte Vertrauen zu diesem großen, kräftigen Mann in Hemdsärmeln, auf denen ein paar Blutspritzer zu sehen waren.

Er lächelte nicht. Es kümmerte ihn nicht, ob er liebenswürdig wirkte oder nicht. Er sah sie besorgt an, als suche er die Antwort auf eine Frage, die ihn beschäftigte.

»Haben Sie lange keine Blutentnahme machen lassen?«

»Vor zwei Monaten ... Bei uns in der Familie gehört das zur Routine, jedes Jahr zur Blutuntersuchung zu gehen.«

»Gehen Sie noch zur Schule?«

»Ich sollte im Gymnasium sein. Wir haben nicht ganz das gleiche Schulsystem wie in Frankreich.«

»Warum sagten Sie: ich sollte ...«

»Weil ich nicht dort bin ... Ich habe die Schule aufgegeben, bevor ich mit dem Collège fertig war ... Ich habe kein Diplom, keinerlei Zeugnis ...«

Man bemühte sich um sie, noch dazu ein junger Mann, der sich mit der menschlichen Seele auszukennen schien. Mit knapper Not dem Tod entronnen, war sie schon wieder ganz sie selbst. Sie wünschte sich, daß er ihr viele Fragen stellte.

»Waren Sie nicht gerade am Arbeiten?«

»Ja, ich arbeitete, aber das kann warten ... Ist es indiskret, Sie zu fragen, was Ihr Vater von Beruf ist?«

»Er ist Schriftsteller ... Historiker, genauer gesagt ... Er erzählt vor allem über das Leben von berühmten Personen aus vergangenen Zeiten.«

»Albert Pointet?«

»Kennen Sie ihn?«

»Ich habe drei oder vier seiner Bücher gelesen. Den Zeitungen zufolge schreibt er regelmäßig eins im Jahr ...«

»Stimmt.«

Das Telefon klingelte. Odile stürzte zum Apparat, dann packte sie die Panik, sie erstarrte, mußte sich überwinden, den Hörer abzunehmen.

»Hallo!«

»Du bist es also!«

Am anderen Ende der Leitung war Bob.

6

»Wo steckst du?«

»Nicht weit vom ›Hôtel Mercator‹.«

»Geht es dir gut?«

»Bestens. Es hat natürlich nicht geklappt. Konnte ja nicht anders sein bei mir ...«

Sie lächelte dem Studenten zu, der verlegen wirkte.

»Kann ich zu dir kommen, oder möchtest du ins ›Mercator‹ umziehen?«

»Ich möchte lieber hierbleiben, für den Augenblick wenigstens.«

»Also komme ich ... Wo ist es?«

»›Hôtel Moderne‹, Rue de la Harpe.«

»In zehn Minuten bin ich da ...«

Der rothaarige junge Mann musterte sie immer noch voll unverhohlener Neugier. Wahrhaftig, ein erstaunliches Mädchen! Er versuchte zu begreifen und spürte, daß da etwas war, das sich ihm entzog.

»Sie werden aus mir nicht schlau, gelt?«

Er sagte weder ja noch nein, sah sie nur weiter gelassen an.

»In Anbetracht dessen, was Sie mir über Ihren Vater erzählt haben«, sagte er wie zu sich selbst, »glaube ich nicht, daß Sie eine unglückliche Kindheit hatten.«

»Nein. Aber glückliche Erinnerungen habe ich auch keine. Oft fand man mich, wie ich stumm und reglos in einer Ecke in der Diele oder in der Garage hinten im Garten hockte...«

»Warum das?«

»Was weiß ich... Vielleicht weil ich mich in Gegenwart meiner Mutter zum Beispiel oder auch jedes anderen unbehaglich fühlte... Irgendwie hatte ich wohl das Gefühl, ganz anders zu sein.«

»Haben Sie nie gespielt?«

»Selten. Und wenn, dann ohne Überzeugung.«

»Was beschäftigte Sie damals?«

»Ich weiß nicht mehr. Ich dachte, glaube ich, überhaupt nichts. Ich starrte vor mich hin, manchmal glotzte ich stundenlang auf eine bestimmte Stelle im Tapetenmuster...«

»Haben Ihre Eltern sich keine Sorgen gemacht?«

»Die dachten, das gibt sich mit der Zeit. Oft hielt ich mich irgendwo im Haus versteckt, bis sie mich schließlich gefunden haben.«

»Wollten Sie damit erreichen, daß man sich mit Ihnen beschäftigte?«

»Schon möglich.«

»Haben Sie keine Kinderkrankheiten gehabt?«

»Doch, Scharlach. Das ist meine schönste Erinnerung. Ich lag mit Illustrierten im Bett. Das Hausmädchen kam zwanzigmal am Tag herauf, um sich zu vergewissern, daß es mir an nichts fehlte. Mamas Freundinnen kamen aus Angst, sich anzustecken, nicht mehr zum Bridge. Mein Zimmer war zum Mittelpunkt des Hauses geworden. Sogar meine Mutter besuchte mich. Mein Vater kam herunter und setzte sich an mein Bett...«

»Es fehlte Ihnen ganz allgemein an Zuwendung?«

»Das kann man so nicht sagen. Wenn jemand kein Verständnis hatte, dann ich. Ich meinte halt, jeder lebt sein eigenes kleines Leben und ich falle allen zur Last... Macht es Ihnen was aus, wenn ich rasch ins Bad gehe und mich anziehe?«

Die Badewanne war voller rosafarbenem Wasser, und sie zog den Stöpsel heraus. Im Koffer fand sie eine graue Hose, einen Pullover von etwas hellerem Grau. Dann fuhr sie sich mit dem Kamm durchs Haar. Als sie nebenan Stimmen hörte, wußte sie, daß es ihr Bruder war, und eilte hinüber.

»Oh, Bob!«... schrie sie und warf sich an seine Brust, genauso, wie sie es sich erträumt hatte.

»Mein Kätzchen...«

So nannte er sie manchmal, wenn er gerührt war.

»Laß dich anschauen. Nein... So mitgenommen siehst du gar nicht aus...«

Sie hatte zwei Männer um sich und fühlte sich leicht und unbekümmert. Dabei hätte nicht viel gefehlt, und sie läge jetzt ganz allein bis zum nächsten Morgen in der Badewanne!

»Darf ich vorstellen...«

Sie wandte sich zu dem Medizinstudenten.

»Entschuldigen Sie, aber ich habe Sie noch gar nicht nach Ihrem Namen gefragt.«

»Albert Galabar...«

»Und das ist also mein Bruder Bob...«

»Hallo.«

Sie sahen beide verlegen aus und schienen sich gegenseitig mit dem Blick zu messen.

»Wenn ich recht verstanden habe, sind Sie nach Paris gekommen, um Ihre Schwester zu suchen...«

»Ich habe sie knapp verfehlt. Zuerst in einem Nachtclub, wo ich mir sagen lassen mußte, man habe sie am Abend zuvor gesehen. Dann gerade heute nachmittag, in einem Hotel gegenüber der Gare de Lyon, aus dem sie gerade ausgecheckt hatte...«

»Du hast das ›Hôtel Héliard‹ entdeckt?«

»Ich konnte nicht alle Hotels links der Seine aufsuchen. Ich dachte mir schon, daß du Angst hast, mir zu begegnen. Vom Bahnhof bist du ins erstbeste Hotel gegangen, weil du dachtest, dort würde dich niemand suchen...«

Ihr schauderte, als sie an das Zimmer dachte.

»Es war dermaßen trostlos...«

»Hattest du keine Angst, dich so nahe der Rue Gay-Lussac aufzuhalten?«

»Spielte ja keine Rolle mehr, da ich ohnehin beschlossen hatte, heute Schluß zu machen...«

»Was ist geschehen?«

Er hielt sie um die Schultern gefaßt und sah so erleichtert aus, sie wiedergefunden zu haben, daß er eher wie ein Liebhaber als wie ein Bruder wirkte.

»Ich habe mir das Handgelenk aufgeschnitten und dabei offenbar einen lauten Schrei ausgestoßen... Albert Galabar ist mein Zimmernachbar. Das wußte ich aber nicht. Ich hatte ihn noch nie gesehen. Als ich die Augen aufschlug, lag ich noch in der Badewanne, und er machte mir einen Druckverband. Er ist Medizinstudent und macht gerade sein Praktikum im Krankenhaus.«

Die beiden Männer taxierten sich erneut.

»Reiner Zufall, daß ich mich gerade in meinem Zimmer befand...«

»Wäre die Verletzung tödlich gewesen?«

»Höchstwahrscheinlich.«

»Ist das für mich, der Brief dort?« fragte Bob und deutete auf den Umschlag auf dem Tisch. »Warum liegt Geld darauf?«

»Für die Briefmarke.«

»Und die Scheine dort?«

»Fürs Zimmer.«

Beide betrachteten sie verwundert.

»Du hast an all das gedacht, bevor du dir den Puls aufgeschnitten hast?«

»Ich war ganz ruhig, kein bißchen aufgeregt... Vorher war ich zum Mittagessen in einem Restaurant ein Stück von hier gewesen, und anschließend hätte ich mir beinahe die Haare waschen und legen lassen, aber ich hätte zu lange warten müssen...«

»Darf ich den Brief nehmen?«

»Er ist für dich. Zeig ihn niemandem, vor allem nicht der Familie...«

»Sollten wir nicht lieber Papa anrufen? Doch, das ist nötig!«

Sie zog die Brauen zusammen. Das war bereits ein Kontakt zur Avenue de Jaman, und es kam ihr vor, als gerate sie dadurch wieder in das alte Getriebe hinein.

»Aber ich werde ihm nicht sagen, daß ich zurückkomme. Ich rede nur einfach mit ihm.«

Er verlangte die Verbindung. Es meldete sich Mathilde.

»Hier ist Bob, Mathilde... Ich möchte gern mit meinem Vater sprechen... Mama ist nicht gerade mit ihren Freundinnen im Salon?«

»Nein. Sie ist einkaufen gegangen...«

»Um so besser... Vater kann es ihr dann sagen...«

»Du hast gute Nachrichten, stimmt's?... Ich höre es deiner Stimme an...«

Gleich darauf war sein Vater am Apparat.

»Gibt es etwas Neues, Bob?«

»Eine wunderbare Nachricht. Ich habe Odile gefunden. Oder vielmehr hat sie mich gefunden...«

»Wie geht es ihr?«

»Ausgezeichnet. Bis auf einen Schnitt am Handgelenk... Es ist nicht schlimm, und sie ist bestens verarztet worden...«

»Wann kommt ihr zurück?«

»Ich wahrscheinlich morgen, denn ich habe schon mehrere wichtige Vorlesungen versäumt... Bei ihr weiß ich nicht...«

Er gab seiner Schwester ein Zeichen, den Hörer zu übernehmen.

»Ich gebe sie dir...«

»Hallo, Papa...«

»Mußtest du uns so einen Schreck einjagen? Wann ist es passiert?«

»Heute nachmittag...«

»Und da bist du schon wieder auf?«

»Na klar. Ich habe mich noch nie so wohlgefühlt...«

Bei diesen Worten warf sie ihrem Medizinstudenten einen bedeutsamen Blick zu.

»Du kommst nicht mit deinem Bruder nach Hause zurück?«

»Ich will noch warten, bis ich mich erholt habe und meine Wunde etwas verheilt ist...«

Sie hörte Betrübnis, jedenfalls eine resignierte Melancholie aus der Stimme ihres Vaters heraus.

»Ich verstehe«, sagte er. »Bist du in der Rue Gay-Lussac?«

»Nein. Wenn du mich anrufen willst, ich bin im ›Hôtel Moderne‹, Rue de la Harpe...«

»Ich hoffe, daß du bald wieder nach Hause kommst... Du kannst dir nicht vorstellen, wie leer es hier ist ohne dich.«

»Wenn ich heiraten würde, wäre es genauso, oder?«

»Kommst du denn nicht endgültig zurück?«

»Nein...«

»Du hast vor, in Paris zu bleiben?«

»Ja. Das war von jeher mein Traum, das weißt du doch...«

Schweigen kehrte ein. In der Leitung fragte jemand: »Gespräch beendet?«

»Nein, Mademoiselle. Bitte nicht unterbrechen...«

»Ich komme nächste Woche auf einen Sprung vorbei, dann nehme ich den Zug zurück und suche mir hier Arbeit... Ja, ich weiß, ich habe keine Ausbildung und keinerlei Diplom, aber ich werde hoffentlich trotzdem etwas finden... Hast du Doktor Vinet gesehen?...«

»Ich habe ihn gebeten vorbeizukommen. Warum fragst du?«

»Weil ich sicher war, daß du ihn um Rat fragen würdest. Nicht deinetwegen, sondern meinetwegen.

Du hast ihn gefragt, was er von meiner Flucht hält und ob ich mich wirklich umbringen würde.«

»Stimmt.«

»Was hat er geantwortet?«

»Er war nicht gerade optimistisch. Ich werde ihn gleich anrufen, um ihm die gute Nachricht zu verkünden.«

»Ja. Und grüß ihn ganz lieb von mir. Ich drück dich ganz fest, Papa. Ich habe viel an dich gedacht, weißt du, und ich mag dich jetzt lieber als vorher...«

»Danke, mein kleiner Liebling... Bleib am Apparat... Ich höre jemanden hereinkommen. Das ist sicher deine Mutter...«

Sie vernahm Stimmen, ziemlich weit vom Telefon entfernt, dann die Stimme ihrer Mutter:

»Du bist also am Leben!« sagte sie. »Gott sei gelobt! Erzähle mir schnell, was passiert ist...«

»Das wird Papa tun, denn ich bin jetzt ein bißchen müde.«

Ganz abgesehen davon, daß sie nicht wußte, was sie ihrer Mutter sagen sollte.

»Kommst du morgen zurück?«

»Nein. Ich komme euch in ein paar Tagen besuchen... Papa wird es dir erklären... Und Bob, der morgen zurückfährt, wird euch beiden Genaueres erzählen...«

Der angehende Arzt blickte verdutzt zu ihr herüber. Da war sie eben erst dem Tod entronnen, und nun regelte sie bereits die Zukunft.

Sie legte auf und ließ sich in den einzigen Sessel im Zimmer fallen.

»Uff! Das wäre geschafft...«, seufzte sie.

Sie schien wie von einer Last befreit und fand zu ihrer Munterkeit zurück. Sie steckte sich eine Zigarette an.

»Wie heißen Sie schon wieder?«

»Albert Galabar... Meine Familie stammt aus Toulouse...«

»Was mir unbegreiflich ist«, murmelte Bob mit nachträglichem Schaudern, »das ist, daß du vier, fast fünf Tage gewartet hast...«

»Das war mein ganz privater Urlaub...«

»Was hast du die ganze Zeit gemacht?«

»Kennst du mich nicht gut genug, um es zu erraten? Ich bin in Nachtclubs gewesen...«

»Allein?«

»In Lausanne mache ich das auch manchmal...«

»Hast du viel getrunken?«

»Nicht mal... Ein paar Gläschen Gin... Ach, ich könnte noch einen Schluck Cognac vertragen... Sie haben doch nichts dagegen, Monsieur Galabar...«

»Natürlich nicht, aber nennen Sie mich Albert, und sagen wir du...«

»Also gut, Albert... Ich stehe im Ruf, eher zu vertraulich als zu wenig vertraulich zu sein...«

Sie war nicht betrunken, aber sie wurde richtig übermütig. War dieses Ereignis nicht eine kleine Feier wert? Ihr war, als sei sie endgültig gerettet, als habe sie sich von dem schlechtesten Teil ihrer selbst befreit.

»Ach ja, du mußt Papa bitten, mir Geld zu überweisen. Ich hatte bei der Abfahrt bloß sechshundert Franken in der Tasche... Im ersten Hotel, in dem ich wohnte, habe ich sie gewechselt, und jetzt ist es fast alle...«

»Ich gebe dir jetzt schon etwas...«

Er zog sein Portefeuille aus der Tasche, zählte die Scheine und nahm drei davon.

»Genügt dir das bis zu deiner Abreise?«

»Ich glaube schon... Da ich das Zimmer ja behalte, muß ich es nicht sofort bezahlen...«

»Ich lasse euch allein«, sagte Galabar und stand von seinem Stuhl auf. Und an Odile gewandt:

»Ich komme morgen wieder... Um welche Zeit paßt es dir am besten?«

»Du weißt ja, ich bin ein Nachtvogel...«

»Überanstrenge dich heute mal lieber nicht... Kauf dir ein Fieberthermometer in der Apotheke, sie ist ganz in der Nähe... Miß deine Temperatur, und klopfe ruhig an meine Tür, wenn du Fieber bekommst...«

»Danke... Und danke für alles...«

»Danke lieber dem Zufall, der gewollt hat, daß ich heute nachmittag in meinem Zimmer war...«

Er drückte ihre kräftige Hand.

»Trink trotzdem nicht zuviel...«

Die beiden Männer gaben sich die Hand.

»Ich werde vielleicht keine Gelegenheit mehr haben, Sie vor Ihrer Abreise noch einmal zu sehen. Ich freue mich, Sie kennengelernt zu haben...«

»Ganz meinerseits.«

Als sie allein waren, fiel sie ihm um den Hals.

»Es ist so schön, Bob...«

»Du kannst dir nicht vorstellen, was für eine Angst ich ausgestanden habe...«

»Hast du gedacht, ich würde es tun?«

»Ich kenne dich doch...«

»Ich glaube, du bist der Mensch, der mich am besten kennt...«

»Laß dich anschauen... Du bist ganz die alte, nur daß in deinen Augen ein kleines Leuchten ist...«

»Sag es niemandem, aber diesmal hat's mich erwischt.«

»Und wer ist der Glückliche?«

»Du hast es schon erraten, stimmt's?«

»Das geht aber schnell bei dir... Willst du deshalb unbedingt in Paris bleiben?«

»Nein. Aber ich halte es zu Hause einfach nicht mehr aus... Hör zu... Lies diesen Brief, während ich mich ein wenig frisch mache... Dann brauche ich mich nicht zu wiederholen... Ich weiß auch schon gar nicht mehr, was ich geschrieben habe... Ich hatte mir Rasierklingen gekauft... Da! Die restlichen kannst du verwenden... Ich hatte die Badewanne vollaufen lassen und war schon ausgezogen und fing zu schreiben an... Ich habe alles zu Papier gebracht, was mir durch den Kopf ging... Vermutlich ist es Blödsinn...«

Vor so kurzer Zeit war sie noch splitternackt auf diesem Stuhl gesessen und hatte geschrieben, mit einem Kugelschreiber, dessen Ende angeknabbert war.

»Du kannst dir nicht vorstellen, wie schön es ist...«

»Ich muß kurz telefonieren.«

»Mit wem?«

»Du wirst schon sehen...«

Er verlangte ein Gespräch mit dem Hauptkommissar im Familiensuchdienst.

»Sie möchten mit Hauptkommissar Lobeau sprechen?«

»Ja.«

»Mal sehen, ob er frei ist...«

Einige Augenblicke später fragte eine tiefe Stimme:

»Wer ist am Apparat?«

»Ich weiß nicht, ob Sie sich an mich erinnern. Bob Pointet. Ich bin bei Ihnen gewesen, um das Verschwinden meiner Schwester zu melden. Ich habe sie wiedergefunden.«

»Ist sie wohlauf?«

»Ja.«

»Wo war sie heute?«

»Im Quartier Latin...«

»Was hat Sie auf Ihre Spur gebracht?«

»Sie hat mich angerufen...«

»Das freut mich sehr für Sie und Ihre Schwester. Ich betrachte die Sache also für erledigt. Guten Abend, Monsieur Pointet...«

»Hast du begriffen?«

»Ich dachte es mir.«

»Es gibt Tausende von Hotels in Paris, Hunderte allein links der Seine, wo du, wie ich zunächst glaubte, hingehen würdest. Da ich sie nicht alle aufsuchen konnte, habe ich mich an den Familiensuchdienst gewandt...«

»Wie wär's, wenn wir ausgingen? Ich glaube, die Luft würde uns guttun... Dann essen wir zusammen zu Abend, in dem kleinen Restaurant, in dem ich heute mittag gegessen habe. Ich war überzeugt, daß es meine letzte Mahlzeit sein würde, und trotzdem hat es mir nicht den Appetit verschlagen... Im Gegenteil! Lies rasch den Brief. Ich bin gleich wieder da...«

Sie schminkte sich sorgfältiger als gewöhnlich, bürstete sich die Haare und sah dabei zufrieden in den Spiegel.

Warum hatte sie immer gedacht, sie sei häßlich? Heute fand sie sich hübsch und betrachtete sich wohlgefällig.

Als sie wieder ins Zimmer trat, schob ihr Bruder den Brief in seine Tasche und schien gerührt.

»So, nun hast du's gelesen. Du hast verstanden. Jetzt sprechen wir nicht mehr darüber...«

»Einverstanden, Odile...«

Seine Stimme klang ein wenig rauh.

»Du bist schon ein komisches Mädchen, weißt du... Ich wünsche dir, daß du jemandem begegnest, der dich versteht... Das dürfte gar nicht so einfach sein...«

»Komm mit...«

Sie nahm ihre Handtasche, sammelte die Geldscheine zusammen, die sie auf dem Tisch bereitgelegt hatte.

Das Baby war wieder an seinem Platz auf dem Boden im Büro und spielte mit Bauklötzen.

»Guten Abend, Madame. Das ist mein Bruder Bob...«

»Leider habe ich kein Zimmer mehr...«

»Er hat schon eins, seit mehreren Tagen, in der Rue Gay-Lussac... Ich hoffe, ich werde nicht zu spät zurückkommen...«

»Ach was, daran bin ich doch gewöhnt... Außerdem ist abends ohnehin mein Mann dran...«

Auf dem sonnigen Gehsteig hängte sie sich bei ihrem Bruder ein.

»Es ist großartig, Bob!«

Alles war großartig, das Vibrieren der Luft, die Schaufenster, die Passanten.

»Ich zeige dir mein kleines Restaurant... Als erstes werde ich mir ein Glas Gin genehmigen... Cognac mag ich eigentlich gar nicht, aber Albert hatte nichts anderes in seinem Zimmer...«

Sie trank einen Gin Tonic, und ihr Bruder bestellte einen Whisky.

»Kanntest du es schon?«

»Nein. Sieht sehr nett aus...«

»Und die Küche ist gut, du wirst sehen... Es kommt dir komisch vor, daß ich an einem Tag wie heute vom Essen spreche, stimmt's?«

»Ein bißchen schon.«

»Zu Mittag habe ich doppelt soviel gegessen wie sonst zu Hause.«

Sie lächelten beide, warfen sich verständnisinnige Blicke zu.

»Schön, dich wiederzusehen, Bob. Weißt du, was mir an Albert so gefällt? Daß er dir irgendwie ähnlich ist...«

»Sollen wir jetzt nicht essen? Diesmal bin ich es, der Hunger hat.«

Sie las auf der Speisekarte ein Wort, das sie nicht kannte.

»Herr Ober! Was ist das, ›Porchetta‹?«

»Gefülltes Spanferkel, im Ofen gebraten.«

»Wie wär's damit, Bob?«

»Gern.«

»Zweimal Porchetta... Und dazu vielleicht einen leichten Chianti?«

Sie waren beide guter Laune.

»Wann geht morgen dein Zug?«

»Dreizehn Uhr fünfzehn...«

»Ich bringe dich zum Bahnhof...«

»Ich finde Abschiednehmen auf Bahnsteigen gräßlich... Ich komme lieber in deinem Hotel vorbei, um dir auf Wiedersehen zu sagen...«

Sie saßen lange bei Tisch, während man sonst in Paris nur gerade eben zum Essen sitzenbleibt und nach beendeter Mahlzeit jeder davoneilt.

»Trinken wir nach dem Kaffee ein Schnäpschen?«

»Dazu haben wir später noch Zeit...«

Sie gingen den Boulevard Saint-Michel entlang, wo es vor den grell beleuchteten Cafés von Menschen wimmelte. Odile sog das Schauspiel begierig auf, als sähe sie es zum erstenmal. Ab und zu, bei einer abrupten Bewegung, spürte sie ein Stechen im Handgelenk, aber wirklich schmerzhaft war es nicht.

Sie redeten nicht viel, führten kein richtiges, zusammenhängendes Gespräch. Der eine sagte einen Satz, und der andere bildete gleichsam das Echo. Die meiste Zeit gingen sie schweigend nebeneinander her.

»Ich habe immer gewußt, daß du nicht zu Hause bleiben wirst...«

»Schon als ich klein war?«

»Als du zehn oder elf warst... Du warst sehr frühreif...«

»Ist das ein Fehler?«

»Nein. Glaubst du nicht, daß es schon ein wenig spät für dich ist?«

»Du vergißt, daß ich eine ganz Schlimme bin ...«

Als sie an der Ecke Rue Gay-Lussac ankamen, kehrten sie um. Sie gingen Hand in Hand, und Bob trällerte vor sich hin.

»Du magst mich, Bob, nicht wahr?«

»Ja.«

»Weshalb?«

»Das kann ich nicht so einfach sagen ...«

»Ich bin unausstehlich, gelt?«

»Nicht, wenn man dich gut kennt ...«

Er dachte an den Medizinstudenten. Er wollte seiner Schwester nicht weh tun oder sie entmutigen. Deswegen fügte er hinzu:

»Auch nicht, wenn man dich überhaupt nicht kennt ...«

»Gefährlich wird es also in der Mitte, wenn ich recht verstehe.«

»Du bist wunderbar, Odile ... Du hast nur eine Feindin ...«

»Wen?«

»Dich ...«

Er führte sie zu einer Terrasse, auf der ein Tisch frei war.

»Wir trinken ein letztes Glas und gehen brav schlafen.«

»Schon?«

»Was hat dein Student gesagt?«

»Ja ... Es ist besser, ich ruhe mich aus ...«

»Ganz unter uns, wann willst du denn nun nach Lausanne kommen?«

»Etwa in einer Woche, wenn mein Handgelenk in Ordnung ist...«

»Bleibst du eine Zeitlang bei uns?«

»Ich glaube nicht... Zwei Tage vielleicht... Gerade so lange, um meine Sachen zu packen...«

»Soll ich die Gitarre immer noch verschenken?«

Die Frage war ihr ein wenig peinlich.

»Nein... Ich glaube, ich werde sie mitnehmen... Es ist noch das, was ich am wenigsten schlecht kann... Und da ich nur für mich selbst spiele...«

»Mama wird wütend sein...«

»Ich weiß. Aber Papa wird es verstehen... Wie du muß er auch schon seit langem geahnt haben, daß ich eines Tages weggehe... Weißt du, daß Albert mehrere Bücher von ihm gelesen hat?«

»Das wundert mich nicht...«

Sie blieben noch eine Viertelstunde entspannt sitzen, ohne das Bedürfnis zu reden, nur um zu reden.

»Mich überrascht, wie viele Leute man allein an einem Tisch sitzen sieht...«

Er wies sie nicht darauf hin, daß dies in ein, zwei Wochen auch ihr Los sein würde.

»Gehen wir...«

Er begleitete sie bis zu ihrem Hotel.

»Gute Nacht, Bob.«

»Gute Nacht, Odile...«

Sie sah, wie er mit großen Schritten davonging. Es tat ihr weh, ihn zu verlieren. Allerdings sah sie ihn in Lausanne auch nur zu den Mahlzeiten.

Unter der Tür zum Nachbarzimmer war kein Licht zu sehen. Sie blieb trotzdem einen Augenblick stehen, konnte aber nichts hören.

Sie zog einen Pyjama an und schminkte sich sorgfältig ab, massierte sich das Gesicht leicht mit Nachtcreme. Dann nahm sie zwei Schlaftabletten. Nach kurzer Überlegung schluckte sie eine dritte.

Sie schlief fast auf der Stelle ein, und falls sie träumte, erinnerte sie sich am Morgen nicht mehr an ihre Träume.

Erst ein lautes Klopfen an der Tür riß sie aus dem Schlaf.

»Komm rein!« sagte sie, denn sie dachte, es sei Bob. Sie hatte gar nicht auf die Uhr gesehen.

»Die Tür ist abgeschlossen...«

Es war die Stimme von Albert Galabar.

»Störe ich?«

»Einen Augenblick... Ich ziehe mir meinen Morgenmantel über...«

Sie kämmte sich auch rasch.

Als sie die Tür öffnete, sah sie, daß er ganz verlegen war.

»Ich habe dich aufgeweckt, stimmt's? Ich habe gestern nicht daran gedacht, es dir zu sagen... Freitags beginne ich meinen Dienst in der Klinik immer um elf... Ich bin erst um sechs Uhr abends fertig... Ich würde dich gern vorher noch verbinden...«

Seine Schüchternheit stand im Widerspruch zu seiner Körpergröße und seinen breiten Schultern.

»Hat es nicht zu weh getan? Hast du schlafen können?«

»Ich bin sofort eingeschlafen ...«

»Um wieviel Uhr?«

»Um elf ... Und ich bin gerade erst aufgewacht ...«

Sie zündete eine Zigarette an.

»Setz dich ... Dann wollen wir mal gucken, wie die Wunde aussieht ...«

Vorsichtig entfernte er den Verband vom Vortag. Das Fleisch beiderseits der Schnittwunde war nicht geschwollen und nur ganz leicht gerötet.

»Sieht sehr gut aus, was?«

»Ich spüre kaum noch etwas ...«

»Jetzt mache ich dir einen neuen Verband, dann hast du für vierundzwanzig Stunden Ruhe ...«

»Mit wie vielen Stichen hast du mich genäht?«

»Fünf ... Ich wollte lieber vorsichtig sein ... Du hast eine sehr feine, sehr zarte Haut ...«

Sie nahm es als Kompliment und freute sich.

»Hast du viel Arbeit?«

»Zur Zeit bin ich im Notdienst, da kommt man kaum zu Atem ...«

»Unfälle?«

»Alles mögliche ...«

Sie redeten, ohne recht bei der Sache zu sein, und die Worte dienten nur dazu, ihre wahren Gedanken zu verbergen.

Sie hatte ihn gern, jedenfalls genausogern wie Bob, aber auf andere Weise.

»Fährst du oft zu deiner Familie?«

»Meine beiden Schwestern sind verheiratet. Sie wohnen beide in Toulouse. Mein Vater und meine Mutter sind allein im Haus. Gewöhnlich richte ich es so ein, daß ich die Hälfte des Urlaubs mit ihnen verbringe, in Royan... Wir mieten ein großes Haus, und meine Schwestern kommen mit ihren Männern und ihren Kindern...«

Sie sah ihn ungläubig an. Diese Art zu leben war ihr absolut fremd. Mit Eltern und verheirateten Schwestern in Begleitung ihrer Ehemänner und Kinder am Meer, das konnte sie sich überhaupt nicht vorstellen!

»Hast du vor, dich in Paris niederzulassen?«

»Wenn ich es schaffe... Bis morgen, Odile... Das ist Samstag, stimmt's? Da kann ich eine Stunde später kommen...«

Sie badete, so gut es ging, ohne den Verband naß zu machen. Es war die reinste Akrobatik. Danach zog sie die Hose an, die sie tags zuvor getragen hatte.

Sie machte das Fenster weit auf. Was ging ihr durch den Kopf? Der Gedanke an den Tod war von ihr gewichen und ließ sie trotzdem noch nicht ganz los. Sie wartete auf Bob, der heute den Zug nach Lausanne nehmen wollte. Sie sah wieder den Bahnhof mit den langen Bahnsteigen vor sich und fand ganz plötzlich die Lösung des Problems, das sie gequält hatte.

Noch vor wenigen Tagen hatte sie, Gott weiß, warum, gewollt, sie wäre tot und nicht mehr zu identifizieren. Sie glaubte, sämtliche Möglichkeiten in Gedanken durchgespielt zu haben, und gegen alle war irgendein Einwand aufgetaucht.

Der Zug! An den Zug hatte sie nicht gedacht. Wenn sie sich neue Unterwäsche und irgendein billiges Kleid gekauft hätte und in einem der Pariser Bahnhöfe, gerade in dem Augenblick, in dem ein Eilzug einfuhr...

Sie hätte sich auch von einer Eisenbahnbrücke stürzen können, kurz bevor ein Zug kam...

Bei der bloßen Vorstellung, in welcher Gefahr sie geschwebt war, schwindelte ihr. Denn sicher hätte sie es getan, wenn sie darauf gekommen wäre.

Was war nur in sie gefahren? Sie verstand ihren Entschluß nicht mehr, versuchte vergeblich, ihn nachzuvollziehen.

Sie klingelte dem Frühstückskellner.

»Kann ich zwei Spiegeleier haben?«

Sie war hungrig. Gewöhnlich begnügte sie sich mit Toast und Orangenmarmelade.

»Und dazu bitte ein großes Glas Orangensaft...«

Sie wußte nicht, was sie mit sich anfangen sollte. Normalerweise schlief sie um diese Zeit noch, und jetzt war sie schon fertig.

Aber fertig wozu? Sie hatte nichts zu tun.

Bob kam, als sie am Fenster saß und aß.

»An Appetit fehlt es dir nicht, wie ich sehe...«

»Nein. Weißt du, daß Albert schon hiergewesen ist, um mir einen frischen Verband zu machen?... Er hat um elf Uhr Dienst...«

»Hast du gut geschlafen? Hat es nicht weh getan?«

»Ich habe so gut geschlafen wie selten, und als ich aufwachte, hatte ich ganz vergessen, daß ich eine Wunde am Handgelenk habe... Willst du nicht auch etwas essen? Ißt du nicht zu Mittag?«

»Ich werde im Zug essen...«

Sie steckte sich eine Zigarette an, und er nahm auch eine.

»Ich habe eine Bitte an dich... Laß die Eltern nicht

länger als eine Woche auf deinen Besuch warten... Sie wären sonst sehr traurig, zumal, wenn sie von deiner Entscheidung hören... Sie sollen nicht denken, daß du ihretwegen von zu Hause weggehst...«

»Versprochen, Bob...«

»Wenn sie dich so wohlauf sehen, werden sie denken, daß du den Selbstmord aus irgendeinem Grund simuliert hast...«

»Hast du das auch nur einen Moment lang gedacht?«

»Nein... Aber ich bin kein mißtrauischer Mensch... Mama dagegen ist von Natur aus mißtrauisch...«

»Ich weiß... Gefällt dir das Zimmer?«

»Es ist freundlicher als das, in dem ich bei dem guten Monsieur Bedon gewohnt habe, und sicher auch teurer...«

»Ich habe nicht nach dem Preis gefragt...«

»Das sieht dir ähnlich...«

»Ich will versuchen hierzubleiben...«

»Hast du schon Pläne?«

»Richtige Pläne nicht... Ich kann ja gar nichts... Ich muß eine einfache und doch nicht allzu unangenehme Arbeit finden... Die Fabrik zum Beispiel wäre nichts für mich... Ebensowenig möchte ich als Haarwäscherin in einem Friseursalon arbeiten...

Wenn ich die Wahl hätte, würde ich Krankenschwester werden. In Lausanne habe ich mich über die Ausbildung informiert... Mir fehlen die Voraussetzungen...«

»Arme Odile! Und ich lasse dich nicht zu Atem

kommen und stelle dir gleich heute eine solche Frage...«

»Du hast völlig recht... Glaubst du etwa, ich mache mir keine Gedanken, auch wenn ich nicht darüber spreche? Ich habe nur zwei Möglichkeiten... Vorzimmerdame in einem Büro... Das erfordert keine besonderen Kenntnisse... Oder Telefonistin... Aber Telefonistinnen sitzen fast den ganzen Tag in einem kleinen Kabuff, und es wird ihnen sicher langweilig...«

»Das erste ist eine gute Idee.«

Sie zuckte die Achseln.

»An Ideen hat es mir nie gefehlt, Bruderherz, aber im letzten Augenblick haben sie sich stets in Nichts aufgelöst... Ja, im Vorzimmer bei einem Arzt, bei einem Zahnarzt oder Anwalt, das könnte ich mir sehr gut vorstellen... Am liebsten bei einem Arzt oder Zahnarzt...«

»Ich hoffe, du bringst uns eine Erfolgsmeldung mit, wenn du nach Hause kommst...«

»Ich sehe zuerst die Kleinanzeigen in den Zeitungen durch. Wenn das nichts bringt, gebe ich selbst eine auf...«

»Es wird Zeit, daß ich gehe.«

»Hast du kein Gepäck?«

»Eine Tasche, die habe ich drunten gelassen...«

»Nimmst du unten ein Taxi, am Boulevard Saint-Michel?«

»Ja.«

»Ich begleite dich. Keine Angst, weiter komme ich nicht mit...«

Sie zog sich ihren Blouson über, nahm ihre Handtasche. Sie vergaß nicht, beim Hinausgehen die Tür abzuschließen, und gab den Schlüssel an der Rezeption ab. Das Baby hockte nicht auf dem Boden.

»Macht er schon seinen Mittagsschlaf?« fragte sie.

»Er kriegt um zwölf sein Fläschchen und geht sofort ins Bett...«

Bob hätte beinahe seine Reisetasche vergessen.

»Und ich habe dir oft vorgeworfen, kopflos zu sein!«

Sie hatten nur zweihundert Meter zu gehen. Es gab eine lange Reihe Taxis. Die meisten Leute waren gerade beim Mittagessen, und in den Bars saßen welche beim Aperitif.

»Tschüß, Bob... Und nochmals vielen Dank... Du weißt gar nicht, welche Freude du mir damit gemacht hast, daß du gleich hergekommen bist...«

»Still, Schwesterchen... Mach's gut... Erhole dich von all den Aufregungen, und komm uns in bester Form besuchen...«

Er umarmte sie, legte ihr die Hände auf die Schultern und blickte ihr fest ins Gesicht.

»Hab keine Angst: du wirst nie ganz allein sein...«

Er stieg ins Taxi, und sie konnte ihn nicht mehr fragen, was er damit meinte. Hatte er von sich gesprochen? Das war unwahrscheinlich und nicht seine Art. Ob er auf den Medizinstudenten anspielte? Wollte er ihr zu verstehen geben, daß es immer einen Mann in ihrem Leben geben würde?

Sie ging bis zum Boulevard Saint-Germain und bog rechts ab. Auf der Terrasse von ›Les Deux-Magots‹ waren viele Tische frei, und sie setzte sich, bestellte einen Gin Tonic.

Sie mußte sich das Trinken abgewöhnen. Früher hatte sie nur Fruchtsäfte getrunken. Den Alkohol hatte sie sich in den Kneipen von Lausanne angewöhnt.

Und ausgerechnet Gin, der ihr am wenigsten schmeckte!

Nur war es mit dem Schnaps wie mit den Zigaretten. Man gewöhnte sich daran. Es war schon vorgekommen, daß sie eine ganze Flasche im Zimmer hatte, dabei nahm sie es ihrer Mutter übel, wenn sie beim Bridge zwei oder drei Whiskies trank.

Jetzt war sie im Urlaub, zwischen zwei Etappen ihres Lebens. Sie mußte offen und unvoreingenommen bleiben und ihr Leben genießen! Es fiel ihr nicht schwer. Die Nachsaison war herrlich, und die Sonne spielte im Laub der Bäume. Die meisten Frauen trugen noch ihre Sommerkleider.

Sie schloß halb die Augen ... Die Silhouetten, die vor der Terrasse vorbeizogen, verschwammen ein wenig, und sie sagte sich, daß das Leben schön war.

7

Albert besuchte sie jeden Tag, wickelte ihren Verband ab und legte ihr einen neuen an. Die Wunde heilte sauber, ohne die geringste Entzündung.

Entgegen Odiles Erwartungen wurde er immer zurückhaltender, je mehr Zeit verging. Er war in Gedanken versunken und sprach kaum oder nur, um ihr nichtssagende Fragen zu stellen.

»Wenn ich richtig verstehe, hast du also immer im selben Haus gewohnt.«

»Schon mein Vater. Und mein Großvater, der einen stattlichen weißen Bart hatte und gestorben ist, als ich neun war.«

Sie kaufte verschiedene Zeitungen und las gewissenhaft die Kleinanzeigen. Gesucht wurden Maschinenbuchhalterinnen, Stenotypistinnen mit perfekten Englischkenntnissen und Fachkräfte aller Art. Einmal wurde eine Telefonistin gesucht, aber sie sollte neben Englisch und Französisch auch Deutsch sprechen.

Sie ließ sich nicht entmutigen.

»Nimmst du immer noch die Beruhigungstabletten, die dir dein Arzt in Lausanne verordnet hat?«

»Ja...«

»Die sind nicht mehr nötig. Du kannst ganz gut ohne auskommen. Am besten sprichst du mit ihm darüber, wenn du heimfährst.«

Nur einmal fragte er etwas Persönlicheres.

»Warum hast du die Schule aufgegeben?«

»Weil sie mich angeödet hat. Was mir dort beigebracht wurde, kam mir nutzlos vor. Ich hatte angefangen, abends auszugehen. Morgens war ich immer ganz verschlafen. Meine Klassenkameradinnen waren alle gegen mich...«

Jetzt, aus der Distanz, kam ihr das bedeutungslos vor, und sie machte sich über sich selbst lustig, weil sie es so ernst genommen hatte.

Fast täglich ging sie ins Kino und probierte neue Restaurants aus.

Ankomme Samstag TEE.

Sie hatte das Telegramm an Bob geschickt und war überrascht, auf dem Bahnsteig ihren Vater zu sehen. Während sie im Strom der Reisenden auf ihn zuging, betrachtete sie ihn und fand, daß er anders war. Innerhalb von zwei Wochen konnte er sich unmöglich so verändert haben. Es lag an ihr, sie sah ihn in einem neuen Licht.

Korpulent war er schon immer gewesen; jetzt sah er dick und aufgeschwemmt aus. Dagegen wirkte selbst der Bahnhof weniger groß und hatte etwas Verschlafenes.

»Gepäck, Mademoiselle Pointet?«

»Ich habe nur den kleinen Koffer...«

Ihr Vater blickte ihr entgegen und schien gerührt. Er küßte sie unbeholfen auf beide Wangen, denn bei ihnen zu Hause küßte man sich höchst selten.

»Dein Bruder war so nett, sich von mir vertreten zu lassen.«

Er versuchte seine Rührung zu überspielen.

»Laß mich das tragen...«

Um ihm eine Freude zu machen, gab sie ihm ihr Toilettenköfferchen.

»Hast du eine gute Fahrt gehabt?«

»Ach, weißt du, sie ist so kurz...«

»Abgenommen hast du nicht...«

»Nein. Mein Appetit ist ausgezeichnet.«

»Deine Mutter hat sich große Sorgen gemacht...«

Sie gingen durch die Unterführung und kamen unweit des Taxistandplatzes wieder nach oben.

»Avenue de Jaman... Die erste Villa rechts...«

»Ich weiß, wo das ist, Monsieur Pointet.«

Alles hatte sich verändert, die Umgebung und die Leute. Sie fühlte sich nicht mehr heimisch. Sie kam sich vor wie eine Touristin in einer fremden Stadt.

Mehr als achtzehn Jahre hatte sie hier gelebt, und ihre Eltern hatten ihr ganzes Leben hier verbracht.

Die Mutter kam herbeigelaufen, kaum daß sie das Gartentor durchschritten.

»Mein armes Kleines...«, sagte sie und umarmte sie.

Sie schniefte. Sie weinte. Sie sah sie an wie eine Auferstandene.

»Hast du sehr gelitten?«

»Ich habe überhaupt nicht gelitten...«

»Komm schnell herein... Hier ist es kälter als in Paris... Du hast abgenommen, stimmt's?«

»Nein. Ich habe eher zugenommen, glaube ich.«

Sie traten alle drei ins Haus.

»Dein Bruder hat eine Vorlesung. Er wird bald heimkommen ...«

Sie hatte ihnen nichts zu sagen. Sie stand wie eine Fremde vor ihnen. Der Salon kam ihr trostloser vor als ihr Zimmer im ›Hôtel Héliard‹ gegenüber der Gare de Lyon. Und trotzdem hatte ihr Großvater mehr als vierzig Jahre lang darin gearbeitet, und ihre Mutter spielte hier mit ihren Freundinnen Bridge! Sie hatte vorgehabt, zwei Tage zu bleiben. Jetzt überlegte sie schon, wie sie ihren Aufenthalt abkürzen könnte.

»Hast du Gin da?« fragte sie ihren Vater.

Erstaunt nickte er.

»Kann ich ein Glas haben? Der Zug hat mir ein bißchen den Magen verdreht ...«

Das stimmte nicht, aber sie brauchte etwas, bevor sie sich dem Haus stellte.

Mathilde kam sie ebenfalls umarmen.

»Du siehst ja aus, als seist du in bester Verfassung.«

Auch sie schniefte, trocknete sich mit dem Schürzenzipfel die Augen.

»Diesmal fährst du hoffentlich nicht mehr weg. Man fühlt sich nirgends so wohl wie zu Hause.«

Sie standen alle drei da und sahen sie an. Da nahm sie die Angelegenheit lieber sofort in Angriff.

»Ich fahre in zwei Tagen wieder weg ...«

»Wohin willst du?« fragte ihre Mutter mißtrauisch.

»Nach Paris natürlich.«

»Und du hast diese Entscheidung ganz allein getroffen, ohne mit uns darüber zu sprechen?«

»Ich habe das Recht, eine Entscheidung zu treffen, von der meine Zukunft abhängt.«

»Und was willst du dort machen?«

Ihre Stimme klang schon leicht gereizt.

»Ich werde arbeiten...«

»Was arbeiten? Du hast überhaupt keinen Beruf...«

»Ich werde Sprechstundenhilfe bei einem Arzt...«

»Hast du schon eine Stelle gefunden?«

»Ja...« schwindelte sie. »Und ich habe mir in einer Pension ein kleines Zimmer reservieren lassen...«

Ihr Vater schenkte ihr zu trinken ein und goß sich ebenfalls ein. »Auf dein Wohl.«

Sie wußte, daß er zu ihr halten würde.

»Du verläßt uns also, um allein in Paris zu leben.«

»Hier könnte ich nicht mehr leben. Ich habe es versucht. Ihr seht ja, wohin das geführt hat...«

»Meinst du nicht, daß du nach ein paar Wochen genug haben wirst?«

»Wenn ich genug habe, komme ich zurück...«

»Ah, ja! Wenn ich darauf warten würde... Wie geht es deinem Arm?«

»Meinem Arm geht es bestens. Die Wunde wird bald verheilt sein, und dann brauche ich nicht einmal mehr einen Verband...«

»Hast du keinen Hunger?«

»Nein. Ich habe im Speisewagen gegessen...«

Es war beinahe sieben Uhr abends. Die Lampen waren angeschaltet. In diesem düsteren Haus mußte man früh Licht machen.

»Ißt du trotzdem einen Bissen mit uns?«

»Wenn du Wert darauf legst...«

Bobs Mofa knatterte um die Ecke. Er stellte es in die Garage und kam zum Haus zurück.

Er umarmte seine Schwester und rief:

»Findest du dich überhaupt noch zurecht in unserem guten alten Haus?«

Er zwinkerte ihr zu, blickte dann zu seinen Eltern und begriff, was vorgefallen war, als er das verkniffene Gesicht seiner Mutter sah.

»Wann reist du wieder ab?«

»In zwei Tagen...«

»Woher wußtest du, daß sie nicht hierbleibt?« fragte ihn die Mutter.

»Weil ich Odile kenne und weil ich sie in Paris gesehen habe.«

»Weißt du, was sie werden will?«

»Nein.«

»Sprechstundenhilfe...«

»Keine schlechte Idee.«

»Du gibst ihr recht?«

»Sie ist alt genug, darüber zu entscheiden. Schließlich geht es ja um sie.«

Mathilde kam und verkündete, daß das Abendessen serviert sei. Vor dem Verlassen des Wohnzimmers kippte Odile noch rasch ein Glas Gin.

»Hast du dir das Trinken in Paris angewöhnt?«

»Nein, hier. Jeder im Haus trinkt, außer Bob, bei dem es selten vorkommt.«

»Aber nicht jeder im Haus ist erst achtzehn...«

Das Abendessen war die reinste Qual für sie. Sie hatte das Gefühl zu ersticken. Bis auf ihren Bruder sahen alle sie abwechselnd an, als käme sie von einem anderen Stern.

Am verbittertsten und skeptischsten war die Mutter.

»Mit wem gehst du nach Paris?«

»Mit niemandem...«

»Da ist doch sicher jemand, zu dem du fährst...«

Sie dachte an Albert und wäre beinahe rot geworden. Bob warf ihr einen verstohlenen Blick zu.

»Ich fahre zu niemandem...«

»Glaubst du, es wird lustig sein, Tag für Tag allein zu leben?«

»Ich habe es soeben ausprobiert und mich nicht einen Augenblick gelangweilt...«

»Wohingegen du dich hier langweilst?«

»Das habe ich nicht gesagt...«

»Aber du denkst es...«

»Ich möchte für mich allein leben...«

Sie merkte kaum, was sie aß, und dachte an ihren gesunden Appetit in Paris.

Nach Tisch verabschiedete sie sich: »Ich gehe nach oben. Ich muß meine Sachen ordnen...«

Bob brachte ihr den Koffer hinauf, trat ins Zimmer und setzte sich auf den Bettrand.

»Du packst den Stier bei den Hörnern...«

»Es mußte sein. Morgen wäre es noch schlimmer gewesen...«

»Vielleicht hast du recht...«

»Es tut mir leid wegen Papa, dem ich sehr weh getan habe. Er kam mir älter vor, weniger selbstbewußt...«

»Du vergißt, daß er schon seine zwei Flaschen getrunken hat.«

»Ich weiß, aber so habe ich ihn noch nie gesehen. Es ist nicht das erste Mal, daß ich für eine Zeitlang wegfahre. Diesmal kommt mir alles anders vor...«

»Ich auch?«

»Ach Quatsch!«

»Du weißt, es kann gut sein, daß ich irgendwann genauso lebe wie sie. Nicht in diesem Haus, das ist wirklich ein alter Kasten. Aber ein geregeltes Leben, in dessen Mittelpunkt meine Arbeit steht.«

»Und deine Frau...«

»Falls ich heirate. Im Augenblick verspüre ich nicht die geringste Lust dazu... Wie geht es deinem Arzt?«

»Er ist noch nicht Arzt.«

»Na schön. Deinem jungen Studenten.«

»Er ist jeden Tag gekommen, um mir einen frischen Verband zu machen.«

»Bist du verliebt?«

»Weiß nicht...«

»Und er?«

»Er wird immer schüchterner...«

»Weil er sich nicht traut, dir eine Liebeserklärung zu machen...«

»Das dachte ich auch eine Zeitlang, aber jetzt bin ich mir da nicht mehr so sicher...«

»Hast du das Zimmer behalten?«

»Ja.«

»Ist diese Geschichte mit der Sprechstundenhilfe wahr?«

»Nein. Aber sie wird hoffentlich bald wahr. Wenn ich zurückkomme, setze ich eine Annonce in die Zeitung.«

Sie riß die Schranktüren auf, warf die Kleider, die sie nicht mehr tragen wollte, auf einen Haufen in eine Ecke des Zimmers.

»Daß ich all den alten Kram aufbewahrt habe!«

»Du kannst nicht in Bluejeans gehen, wenn du Arzthelferin bist...«

»Ich werde ein Kleid anziehen...«

Er sah ihr staunend zu, wie sie hin und her lief. Das Haus hatte sich nicht verändert. Die Eltern auch nicht. Was sich verändert hatte, war sie.

»Besuchst du Doktor Vinet?«

»Wieso? Ich bin doch nicht krank...«

Es war das erste Mal, daß sie diese Worte sagte. Früher hatte sie sich immer Sorgen um ihre Gesundheit gemacht und über die unwahrscheinlichsten Leiden geklagt.

»Er wird traurig sein, wenn er erfährt, daß du hiergewesen bist und ihn nicht besucht hast...«

»Mal sehen... Vielleicht rufe ich ihn morgen kurz an...«

»Morgen ist Sonntag...«

»Er ist auch sonntags schon bei mir gewesen, oder ich bin zu ihm gegangen...«

Er betrachtete den Haufen Kleider und Wäsche, die sie loswerden wollte.

»Dir wird nichts mehr zum Anziehen bleiben...«

»Wenn es möglich wäre, würde ich alles wegwerfen, was mich an die Vergangenheit erinnert, und nur neue Sachen tragen...«

Sie lachte.

»Du siehst, ich bin immer noch ein bißchen verrückt...«

»Du wirst mir fehlen...«

»Du mir auch... Du bist mein einziger Freund...

Ich hoffe, du kommst mich von Zeit zu Zeit besuchen ...«

Albert Pointet hatte sonntags das gleiche Pensum wie an den anderen Tagen. Nach seinem Spaziergang stieg er in seine Mansarde hinauf, nahm seine zwei Flaschen mit und setzte sich an seinen Arbeitstisch.

Gegen neun hörte er leise Schritte auf der Treppe. Es war seine Tochter, die er zu so früher Stunde am wenigsten erwartet hatte.

»Störe ich dich?«

»Nein. Setz dich. Hast du gefrühstückt?«

»Gerade eben.«

»Ist deine Mutter schon auf?«

»Jedenfalls ist sie noch nicht heruntergekommen.«

»Du darfst ihr nicht böse sein. Mir hat es auch einen Schlag versetzt. Wir sind gewöhnt, zu viert zu leben, zweimal täglich bei Tisch zusammenzukommen ...«

»Wo alles schweigt ...«

»Weil wir alle unterschiedliche Interessen haben ... Hast du schon mal daran gedacht, daß es bei Eltern von inzwischen erwachsenen Kindern manchmal auch Taktgefühl sein kann? Wir wollen euch nicht mit unseren Angelegenheiten langweilen ... und getrauen uns nicht, euch über die euren auszufragen ...«

Er sah sie mit traurigen Augen an.

»Wie wirst du zurechtkommen, ich meine finanziell ... Ja, ich weiß schon, aber du wirst nicht genug verdienen, um so zu leben, wie du es gewöhnt bist ... Gestern abend im Bett habe ich darüber nachgedacht ... Bob liegt uns noch seine ganze Studienzeit auf der Pelle, und obendrein kriegt er sein Taschengeld ...

Das ist auch ganz normal, nicht wahr? Sonst gäbe es bald keine Studenten mehr...

Nehmen wir einmal an, du wärst wie er weiter zur Schule gegangen, hier oder in Paris... Dann käme ich so lange für deine Bedürfnisse auf, bis du genug zum Leben verdienst...«

»Daran habe ich gar nicht gedacht.«

»Was du machen wirst, ist eine Art Lehre... Ich werde mich also verhalten, als ob du studierst, und dir einen monatlichen Unterhalt zahlen, bis du fünfundzwanzig bist...«

Sie stand einen Augenblick wie vom Donner gerührt und starrte ihren Vater ungläubig an.

»Das willst du wirklich tun?«

»Ja.«

Da stürzte sie zu ihm und küßte ihn fest auf seine fast ganz vom Bart verdeckten Wangen.

»Du bist ein prima Kerl, Papa...«

»Deiner Mutter brauchst du nichts davon zu sagen. Nicht jetzt... Ich finde schon den richtigen Zeitpunkt, ihr das beizubringen...«

»Du wenigstens hast verstanden, daß ich nicht vor euch davonlaufe?«

»Ich verstehe dich. Als kleines Mädchen bist du ziemlich oft zu mir heraufgekommen. Du hast dich still in eine Ecke gesetzt und mir beim Schreiben zugeschaut... Fährst du schon morgen?«

»Morgen abend, wieder mit dem TEE.«

»Diesmal werde ich nicht am Bahnhof sein... Ich will meinen Abschiedsschmerz nicht vor allen Leuten zeigen.«

8

Sie war wieder in ihrem Zimmer in der Rue de la Harpe. Sie hatte im Zug zu Abend gegessen. Es war elf Uhr vorbei, aber sie hatte das Bedürfnis, auszugehen und sich eins mit der Menge zu fühlen. Unter der Tür von Albert Galabar war kein Licht zu sehen, und sie war darüber enttäuscht. War sie vielleicht schon eifersüchtig?

Aber war es in seinem Alter nicht normal, daß es eine oder auch mehrere Frauen in seinem Leben gab?

In einer Bar nahe Saint-Germain-des-Prés setzte sie sich auf einen hohen Hocker und bestellte einen Gin.

Mit gierigen Blicken schaute sie um sich. Sie hätte gern Musik gehört. In einem Lokal ein kleines Stück weiter fand sie, was sie suchte, auch wenn sie sich unter dem piekfeinen Publikum ein wenig fehl am Platz fühlte.

Ihr Vater war großartig gewesen. Kurz vor ihrer Abreise war er in ihr Zimmer heraufgekommen und hatte ihr einen Tausendfrankenschein in die Hand gedrückt.

»Ich habe Bob gebeten, mir mein Mofa nachzuschikken. Du erlaubst es doch?«

»Aber ja. Es gehört dir.«

»Ich nehme meine Gitarre mit. Das ist das einzige, was ich einigermaßen kann...«

Sie liebte es, auf dem Bettrand zu sitzen und die Finger über die Saiten gleiten zu lassen.

»Meinen Plattenspieler habe ich auch eingepackt... Ich hoffe, du bist nicht verärgert?«

»Nein, ich verstehe dich...«

Es hatte keine Tränen gegeben. Er hatte sie zusammen mit Bob zum Taxi gebracht. Die Mutter war im Salon geblieben und hatte den Vorhang am Fenster hochgehoben.

»Ich bitte dich nur, vernünftig zu sein...«

»Ich verspreche es dir. Mir ist es lieber, wenn niemand zum Bahnhof mitkommt.«

Sie hatte sperriges Gepäck und mußte einen Gepäckträger nehmen.

»Ziehen Sie nach Paris?« meinte der Mann erstaunt.

Er kannte sie gut. Er hatte schon oft ihr Gepäck getragen.

»Man wird erwachsen, was?«

Sie kehrte ins Hotel zurück und beschloß, ihre Koffer auszupacken. Die Gitarre fand in einer Zimmerecke Platz, der Plattenspieler auf einem der beiden Nachttische. Sie spielte eine Platte, während sie ihre Kleider in den Schrank und an die Garderobe hängte. Der Platz reichte kaum aus, auch in den Schubladen, in die nicht mehr als ihre Wäsche hineingepaßt hätte.

Sie nahm ihre Tabletten. Bei Doktor Vinet war sie nicht mehr gewesen. Sie hatte Sonntag vormittag bei ihm angerufen, aber vermutlich war er mit seiner Frau ins Wochenende gefahren.

Montag morgens war er nicht zu erreichen, denn da machte er Dienst in der Nestlé-Klinik.

Sie stellte ihre leeren Koffer auf den Korridor hinaus. Ihr war, als sei sie endlich zu Hause, und sie schlief bald ein.

Kurz vor neun stand sie auf und ließ sich ihr Frühstück heraufbringen. Dann nahm sie ein Bad und machte ihre Toilette. Ihre Bewegungen waren ein wenig schwerfällig, und sie fühlte sich wie eine Genesende. Sie mußte sich erst noch in ihr neues Leben hineinfinden.

Der Medizinstudent hatte sie wohl hin und her gehen hören, denn um zehn Uhr klopfte er an die Tür.

Er sah sie mit einer gewissen Neugier an.

»Ich wußte gar nicht, daß du so bald zurückkommst.«

»Länger hätte ich es nicht ausgehalten ... Ich bin mir wie eine Fremde vorgekommen und habe mir deswegen Vorwürfe gemacht ...«

»Warst du bei deinem Arzt?«

»Nein. Am Sonntag war er nicht zu Hause, und montags hat er Dienst in der Klinik ...«

»Hast du keine Schmerzen gehabt?«

»Überhaupt keine ...«

Sie setzten sich beide auf ihre gewohnten Plätze, und der junge Mann nahm ihr den Verband ab.

»Wunderbar! Die Narbenbildung hat schon begonnen ... Am liebsten würde ich dir nur noch ein Stück Wundgaze und ein Heftpflaster darauftun.«

»Ich hab eine gute Nachricht für dich ...«

»Was für eine?«

»Ich werde schon nächsten Monat meinen Lebensunterhalt selbst verdienen ...«

»Hast du einen Job gefunden? In Paris?«

»Noch dazu bei einem Arzt... Das habe ich nur meinem Verband zu verdanken... Ich wollte im Speisewagen zu Abend essen. An dem Zweiertisch, den man mir zuwies, saß mir ein Mann mittleren Alters gegenüber. Er war mir gleich sympathisch.

Mitten beim Essen fragte er mich, ob ich ernstlich verletzt sei.

›Entschuldigen Sie, daß ich Sie anspreche, obwohl wir uns nicht vorgestellt haben. Ich bin Doktor Le Flem.‹«

»Der Kardiologe?«

»Weiß ich nicht. Über sein Fach hat er mir nichts gesagt... Er wohnt an der Place Denfert-Rochereau... Ich hatte Vertrauen zu ihm... Ich war sicher, daß er nichts von mir wollte... Ich habe ihm gesagt, daß ich nur einen kleinen Schnitt am Handgelenk habe und daß es schon beinahe verheilt ist.

Er hat mich nicht gefragt, wie ich zu der Verletzung gekommen sei, sondern nur, ob ich in Paris wohne, und ich habe ihm gesagt, daß ich gerade dabei bin, mich dort niederzulassen.

›Sind Sie Studentin?‹

›Nein. Ich habe kein Abitur.‹

›Was haben Sie vor?‹

›Ich möchte eine Stelle als Vorzimmerdame finden, am liebsten bei einem Arzt oder einem Zahnarzt...‹

Er überlegte kurz, dann nahm er eine Visitenkarte aus seiner Brieftasche.

›Hören Sie zu... Hier ist meine Adresse. Nachmittags bin ich immer in meiner Praxis... Kommen Sie mich besuchen ... Möglicherweise kann ich Sie einstellen ... meine Sprechstundenhilfe hat letztes Jahr geheiratet und erwartet um Weihnachten herum ein Baby ... Ich muß mit ihr darüber sprechen, sie fragen, welche Pläne sie hat ... Wo wohnen Sie?‹

›Bis jetzt habe ich bei meinen Eltern in Lausanne gewohnt. Ich habe ihnen gerade eröffnet, daß ich nach Paris ziehen will ... In Paris wohne ich in einer Pension in der Rue de la Harpe.‹

›Das ist gar nicht weit von mir ...‹

›Ich habe ein Mofa ...‹«

Albert sah sie gespannt an.

»Du willst lieber hier im Hotel bleiben als ein Zimmer näher an deinem Arbeitsplatz nehmen?«

»Ich bleibe hier ...«

Er fragte nicht, warum.

»Fühlst du dich mit dem leichteren Verband besser?«

»Ja ... Danke, Herr Doktor ...«

»Darf ich dich beglückwünschen?«

Er gab ihr die Hand und schien sonderbar gerührt.

»Ich laß dich jetzt allein ... Du mußt sicher deine Sachen einräumen.«

»Ich bin gestern abend fast fertig geworden ...«

»Dann wirst du also tagsüber arbeiten müssen ...«

»Daran werde ich mich schon gewöhnen ... Du siehst ja, ich bin bereits fertig angezogen und habe gefrühstückt.«

Als sie wieder allein in ihrem Zimmer war, holte sie die Gitarre aus der Ecke und spielte ein paar Akkorde. Plötzlich wurde ihr doch ein wenig bange. Es lief allzu glatt. Doch sie kannte sich gut genug, und seit ihrer

Reise nach Lausanne wußte sie, daß sie nie wieder zurückgehen würde.

Sie hatte ihren Zimmernachbarn gar nicht hinausgehen hören. Sie holte etwas aus ihrem Köfferchen, den Revolver ihres Vaters. Sie hatte ganz vergessen, ihm etwas davon zu sagen.

Gleich darauf klopfte sie nebenan. Albert saß an seinem Tisch vor seinen Heften.

Er sah sie mit der Waffe in der Hand auf sich zukommen. Einen Moment lang stand Bestürzung in seinem Blick.

»Würdest du ihn bitte für mich aufbewahren?«

»Selbstverständlich. Hast du immer noch Angst vor dir selbst?«

»Ich glaube nicht... Es ist eher symbolisch, verstehst du?«

Er begann einen Satz, den er nicht beendete.

»Wieso...«

»Wieso gerade ich?« hatte er sagen wollen.

Doch er ließ die Arme sinken und sah sie nur an.

»Ich laß dich jetzt arbeiten...«, sagte sie betont munter.

»Ja...«

»Bis später vielleicht...«

Er sah ihr nach, als sie zur Tür ging.

Epalinges, 4. Oktober 1970

Stanley G. Eskin

Simenon

Eine Biographie

Aus dem Amerikanischen
von Michael Mosblech

Stanley G. Eskins Biographie stützt sich auf Gespräche mit Simenon, mit Verwandten, Freunden, Verlegern des Autors sowie auf das riesige, erst bruchstückhaft erschlossene Material des Simenon-Archivs in Lüttich.

»Eskin erzählt so anschaulich, als habe er von dem Gegenstand seiner Studien die einfache, farbige, spannende Erzählweise gelernt.«
Frankfurter Allgemeine Zeitung

»Mit dem Index, den zahlreichen Anmerkungen, der vollständigen Bibliographie der Werke und der Verfilmungen wird dieser Band sicher die große umfassende Biographie des Schriftstellers werden. Eskin hält auch mit persönlichen Urteilen nicht zurück; sein Buch verdient daher Aufmerksamkeit und Hochachtung.«
Die Welt, Bonn

»Ich konnte nie glauben, daß Simenon wirklich existiert. Seine ungeheure Produktion, mein immer neues Staunen über die Vollkommenheit seiner Erzählungen, die psychologische Genauigkeit seiner unendlich vielen Figuren, die Eindrücklichkeit der Landschaftsbeschreibungen vermittelten mir stets das Bild eines hinreißenden Schriftstellers, das aber so ungreifbar und unbestimmt blieb wie etwa das Bild des Frühlings, des Meeres, das Bild von Weihnachten – Bilder, die man mit Vergnügen und unbewußtem Wohlbehagen in sich aufnimmt und erlebt, ohne daß sie imstande wären, die Begriffe in ihrer Dinghaftigkeit und Identität vollständig zu verkörpern.« *Federico Fellini*

»Mit Sicherheit das umfassendste Werk, das je über mich geschrieben wurde.« *Georges Simenon*

Georges Simenon im Diogenes Verlag

● Romane

Drei große Romane
Der Mörder / Der große Bob / Drei Zimmer in Manhattan. Deutsch von Linde Birk und Lothar Baier. detebe 21596

Brief an meinen Richter
Roman. Deutsch von Hansjürgen Wille und Barbara Klau. detebe 20371

Der Schnee war schmutzig
Roman. Deutsch von Willi A. Koch
detebe 20372

Die grünen Fensterläden
Roman. Deutsch von Alfred Günther
detebe 20373

Im Falle eines Unfalls
Roman. Deutsch von Hansjürgen Wille und Barbara Klau. detebe 20374

Sonntag
Roman. Deutsch von Hansjürgen Wille und Barbara Klau. detebe 20375

Bellas Tod
Roman. Deutsch von Elisabeth Serelmann-Küchler. detebe 20376

Der Mann mit dem kleinen Hund
Roman. Deutsch von Stefanie Weiss
detebe 20377

Drei Zimmer in Manhattan
Roman. Deutsch von Linde Birk
detebe 20378

Die Großmutter
Roman. Deutsch von Linde Birk
detebe 20379

Der kleine Mann von Archangelsk
Roman. Deutsch von Alfred Kuoni
detebe 20584

Der große Bob
Roman. Deutsch von Linde Birk
detebe 20585

Die Wahrheit über Bébé Donge
Roman. Deutsch von Renate Nickel
detebe 20586

Tropenkoller
Roman. Deutsch von Annerose Melter
detebe 20673

Ankunft Allerheiligen
Roman. Deutsch von Eugen Helmlé
detebe 20674

Der Präsident
Roman. Deutsch von Renate Nickel
detebe 20675

Der kleine Heilige
Roman. Deutsch von Trude Fein
detebe 20676

Der Outlaw
Roman. Deutsch von Liselotte Julius
detebe 20677

Die Glocken von Bicêtre
Roman. Neu übersetzt von Angela von Hagen. detebe 20678

Der Verdächtige
Roman. Deutsch von Eugen Helmlé
detebe 20679

Die Verlobung des Monsieur Hire
Roman. Deutsch von Linde Birk
detebe 20681

Der Mörder
Roman. Deutsch von Lothar Baier
detebe 20682

Die Zeugen
Roman. Deutsch von Anneliese Botond
detebe 20683

Die Komplizen
Roman. Deutsch von Stefanie Weiss
detebe 20684

Die Unbekannten im eigenen Haus
Roman. Deutsch von Gerda Scheffel
detebe 20685

Der Ausbrecher
Roman. Deutsch von Erika Tophoven-Schöningh. detebe 20686

Wellenschlag
Roman. Deutsch von Eugen Helmlé
detebe 20687

Der Mann aus London
Roman. Deutsch von Stefanie Weiss
detebe 20813

Die Überlebenden der Télémaque
Roman. Deutsch von Hainer Kober
detebe 20814

Der Mann, der den Zügen nachsah
Roman. Deutsch von Walter Schürenberg
detebe 20815

Zum Weißen Roß
Roman. Deutsch von Trude Fein
detebe 20986

Der Tod des Auguste Mature
Roman. Deutsch von Anneliese Botond
detebe 20987

Die Fantome des Hutmachers
Roman. Deutsch von Eugen Helmlé
detebe 21001

Die Witwe Couderc
Roman. Deutsch von Hanns Grössel
detebe 21002

Schlußlichter
Roman. Deutsch von Stefanie Weiss
detebe 21010

Die schwarze Kugel
Roman. Deutsch von Renate Nickel
detebe 21011

Die Brüder Rico
Roman. Deutsch von Angela von Hagen
detebe 21020

Antoine und Julie
Roman. Deutsch von Eugen Helmlé
detebe 21047

Betty
Roman. Deutsch von Raymond Regh
detebe 21057

Die Tür
Roman. Deutsch von Linde Birk
detebe 21114

Der Neger
Roman. Deutsch von Linde Birk
detebe 21118

Das blaue Zimmer
Roman. Deutsch von Angela von Hagen
detebe 21121

Es gibt noch Haselnußsträucher
Roman. Deutsch von Angela von Hagen
detebe 21192

Der Bürgermeister von Furnes
Roman. Deutsch von Hanns Grössel
detebe 21209

Der Untermieter
Roman. Deutsch von Ralph Eue
detebe 21255

Das Testament Donadieu
Roman. Deutsch von Eugen Helmlé
detebe 21256

Die Leute gegenüber
Roman. Deutsch von Hans-Joachim Hartstein. detebe 21273

Weder ein noch aus
Roman. Deutsch von Elfriede Riegler
detebe 21304

Auf großer Fahrt
Roman. Deutsch von Angela von Hagen
detebe 21327

Der Bericht des Polizisten
Roman. Deutsch von Markus Jakob
detebe 21328

Die Zeit mit Anaïs
Roman. Deutsch von Ursula Vogel
detebe 21329

Der Passagier der Polarlys
Roman. Deutsch von Stefanie Weiss
detebe 21377

Die Katze
Roman. Deutsch von Angela von Hagen
detebe 21378

Die Schwarze von Panama
Roman. Deutsch von Ursula Vogel
detebe 21424

Das Gasthaus im Elsaß
Roman. Deutsch von Angela von Hagen
detebe 21425

Das Haus am Kanal
Roman. Deutsch von Ursula Vogel
detebe 21426

Der Zug
Roman. Deutsch von Trude Fein. detebe 21480

Striptease
Roman. Deutsch von Angela von Hagen
detebe 21481

45° im Schatten
Roman. Deutsch von Angela von Hagen
detebe 21482

Die Eisentreppe
Roman. Deutsch von Angela von Hagen
detebe 21557

Das Fenster der Rouets
Roman. Deutsch von Stefanie Weiss
detebe 21558

Die bösen Schwestern von Concarneau
Roman. Deutsch von Ingrid Altrichter
detebe 21559

Der Sohn Cardinaud
Roman. Deutsch von Linde Birk
detebe 21598

Der Zug aus Venedig
Roman. Deutsch von Liselotte Julius
detebe 21617

Weißer Mann mit Brille
Roman. Deutsch von Ursula Vogel
detebe 21635

Der Bananentourist
Roman. Deutsch von Barbara Heller
detebe 21679

Monsieur La Souris
Roman. Deutsch von Renate Heimbucher-Bengs. detebe 21681

Der Teddybär
Roman. Deutsch von Ingrid Altrichter
detebe 21682

Die Marie vom Hafen
Roman. Deutsch von Ursula Vogel
detebe 21683

Der reiche Mann
Roman. Deutsch von Stefanie Weiss
detebe 21753

»... die da dürstet«
Roman. Deutsch von Irène Kuhn
detebe 21773

Vor Gericht
Roman. Deutsch von Linde Birk. detebe 21786

Der Umzug
Roman. Deutsch von Barbara Heller
detebe 21797

Der fremde Vetter
Roman. Deutsch von Stefanie Weiss
detebe 21798

Das Begräbnis des Monsieur Bouvet
Roman. Deutsch von H.J. Solbrig
detebe 21799

Die schielende Marie
Roman. Deutsch von Eugen Helmlé
detebe 21800

Die Pitards
Roman. Deutsch von Ingrid Altrichter
detebe 21857

Das Gefängnis
Roman. Deutsch von Michael Mosblech

Malétras zieht Bilanz
Roman. Deutsch von Irmgard Perfahl
detebe 21893

Das Haus am Quai Notre-Dame
Roman. Deutsch von Eugen Helmlé
detebe 21894

Der Neue
Roman. Deutsch von Ingrid Altrichter
detebe 21895

Die Erbschleicher
Roman. Deutsch von Renate Heimbucher-Bengs. detebe 21938

Die Selbstmörder
Roman. Deutsch von Linde Birk. detebe 21939

Tante Jeanne
Roman. Deutsch von Inge Giese. detebe 21940

Der Rückfall
Roman. Deutsch von Ursula Vogel
detebe 21941

Am Maultierpaß
Roman. Deutsch von Michael Mosblech
detebe 21942

Der Glaskäfig
Roman. Deutsch von Stefanie Weiss
detebe 22403

Das Schicksal der Malous
Roman. Deutsch von Günter Seib
detebe 22404

Der Uhrmacher von Everton
Roman. Deutsch von Ursula Vogel
detebe 22405

Das zweite Leben
Roman. Deutsch von Ingrid Altrichter
detebe 22406

Der Erpresser
Roman. Deutsch von Linde Birk
detebe 22407

Die Flucht des Monsieur Monde
Roman. Deutsch von Barbara Heller
detebe 22408

Der ältere Bruder
Roman. Deutsch von Ingrid Altrichter
detebe 22454

Doktor Bergelon
Roman. Deutsch von Günter Seib
detebe 22455

Die letzten Tage eines armen Mannes
Roman. Deutsch von Michael Mosblech
detebe 22456

Sackgasse
Roman. Deutsch von Stefanie Weiss und Richard K. Flesch. detebe 22457

Die Flucht der Flamen
Roman. Deutsch von Barbara Heller
detebe 22458

Die verschwundene Tochter
Roman. Deutsch von Renate Heimbucher
detebe 22459

● Maigret-Romane und -Erzählungen

Weihnachten mit Maigret
Zwei Romane und eine Erzählung. Leinen

Der Goldene Gelbe 88
Einmalige Sonderausgabe. Enthält folgende Romane: Maigret amüsiert sich / Mein Freund Maigret / Maigret und die junge Tote. Deutsch von Renate Nickel, Annerose Melter und Raymond Regh. detebe 21597

Maigrets erste Untersuchung
Roman. Deutsch von Roswitha Plancherel
detebe 20501

Maigret und Pietr der Lette
Roman. Deutsch von Wolfram Schäfer
detebe 20502

Maigret und die alte Dame
Roman. Deutsch von Renate Nickel
detebe 20503

Maigret und der Mann auf der Bank
Roman. Deutsch von Annerose Melter
detebe 20504

Maigret und der Minister
Roman. Deutsch von Annerose Melter
detebe 20505

Mein Freund Maigret
Roman. Deutsch von Annerose Melter
detebe 20506

Maigrets Memoiren
Roman. Deutsch von Roswitha Plancherel
detebe 20507

Maigret und die junge Tote
Roman. Deutsch von Raymond Regh
detebe 20508

Maigret amüsiert sich
Roman. Deutsch von Renate Nickel
detebe 20509

Hier irrt Maigret
Roman. Deutsch von Elfriede Riegler
detebe 20690

Maigret und der gelbe Hund
Roman. Deutsch von Raymond Regh
detebe 20691

Maigret vor dem Schwurgericht
Roman. Deutsch von Wolfram Schäfer
detebe 20692

Maigret als möblierter Herr
Roman. Deutsch von Wolfram Schäfer
detebe 20693

Madame Maigrets Freundin
Roman. Deutsch von Roswitha Plancherel
detebe 20713

Maigret kämpft um den Kopf eines Mannes
Roman. Deutsch von Roswitha Plancherel
detebe 20714

Maigret und die kopflose Leiche
Roman. Deutsch von Wolfram Schäfer
detebe 20715

Maigret und die widerspenstigen Zeugen
Roman. Deutsch von Wolfram Schäfer
detebe 20716

Maigret am Treffen der Neufundlandfahrer
Roman. Deutsch von Annerose Melter
detebe 20717

Maigret bei den Flamen
Roman. Deutsch von Claus Sprick
detebe 20718

Maigret und das Schattenspiel
Roman. Deutsch von Claus Sprick
detebe 20734

Maigret zögert
Roman. Deutsch von Annerose Melter
detebe 20757

Maigret und die Bohnenstange
Roman. Deutsch von Guy Montag
detebe 20808

Maigret und das Verbrechen in Holland
Roman. Deutsch von Renate Nickel
detebe 20809

Maigret und sein Toter
Roman. Deutsch von Elfriede Riegler
detebe 20810

Maigret beim Coroner
Roman. Deutsch von Wolfram Schäfer
detebe 20811

Maigret, Lognon und die Gangster
Roman. Deutsch von Wolfram Schäfer
detebe 20812

Maigret und der Gehängte von Saint-Pholien
Roman. Deutsch von Sibylle Powell
detebe 20816

Maigret und der verstorbene Monsieur Gallet
Roman. Deutsch von Roswitha Plancherel
detebe 20817

Maigret regt sich auf
Roman. Deutsch von Wolfram Schäfer
detebe 20820

Maigret und der Treidler der ›Providence‹
Roman. Deutsch von Claus Sprick
detebe 21029

Maigrets Nacht an der Kreuzung
Roman. Deutsch von Annerose Melter
detebe 21050

Maigret hat Angst
Roman. Deutsch von Elfriede Riegler
detebe 21062

Maigret gerät in Wut
Roman. Deutsch von Wolfram Schäfer
detebe 21113

Maigret verteidigt sich
Roman. Deutsch von Wolfram Schäfer
detebe 21117

Maigret erlebt eine Niederlage
Roman. Deutsch von Elfriede Riegler
detebe 21120

Maigret und der geheimnisvolle Kapitän
Roman. Deutsch von Annerose Melter
detebe 21180

Maigret und die alten Leute
Roman. Deutsch von Annerose Melter
detebe 21200

Maigret und das Dienstmädchen
Roman. Deutsch von Hainer Kober
detebe 21220

Maigret im Haus des Richters
Roman. Deutsch von Liselotte Julius
detebe 21238

Maigret und der Fall Nahour
Roman. Deutsch von Sibylle Powell
detebe 21250

Maigret und der Samstagsklient
Roman. Deutsch von Angelika Hildebrandt-Essig. detebe 21295

Maigret in New York
Roman. Deutsch von Bernhard Jolles
detebe 21308

Maigret und die Affäre Saint-Fiacre
Roman. Deutsch von Werner De Haas
detebe 21373

Maigret stellt eine Falle
Roman. Deutsch von Angela von Hagen
detebe 21374

Sechs neue Fälle für Maigret
Erzählungen. Deutsch von Elfriede Riegler
detebe 21375

Maigret in der Liberty Bar
Roman. Deutsch von Angela von Hagen
detebe 21376

Maigret und der Spion
Roman. Deutsch von Hainer Kober
detebe 21427

Maigret stellt eine Falle
Roman. Deutsch von Angela von Hagen
detebe 21374

Sechs neue Fälle für Maigret
Erzählungen. Deutsch von Elfriede Riegler
detebe 21375

Maigret in der Liberty Bar
Roman. Deutsch von Angela von Hagen
detebe 21376

Maigret und der Spion
Roman. Deutsch von Hainer Kober
detebe 21427

Maigret und die kleine Landkneipe
Roman. Deutsch von Bernhard Jolles und Heide Bideau. detebe 21428

Maigret und der Verrückte von Bergerac
Roman. Deutsch von Hainer Kober
detebe 21429

Maigret, die Tänzerin und die Gräfin
Roman. Deutsch von Hainer Kober
detebe 21484

Maigret macht Ferien
Roman. Deutsch von Markus Jakob
detebe 21485

Maigret und der hartnäckigste Gast der Welt
Sechs Fälle für Maigret. Deutsch von Linde Birk und Ingrid Altrichter. detebe 21486

Maigret verliert eine Verehrerin
Roman. Deutsch von Ingrid Altrichter
detebe 21521

Maigret in Nöten
Roman. Deutsch von Markus Jakob
detebe 21522

Maigret und sein Rivale
Roman. Deutsch von Ingrid Altrichter
detebe 21523

Maigret und die schrecklichen Kinder
Roman. Deutsch von Paul Celan
detebe 21574

Maigret und sein Jugendfreund
Roman. Deutsch von Markus Jakob
detebe 21575

Maigret und sein Revolver
Roman. Deutsch von Ingrid Altrichter
detebe 21576

Maigret auf Reisen
Roman. Deutsch von Ingrid Altrichter
detebe 21593

Maigret und die braven Leute
Roman. Deutsch von Ingrid Altrichter
detebe 21615

Maigret und der faule Dieb
Roman. Deutsch von Stefanie Weiss
detebe 21629

Maigret und die verrückte Witwe
Roman. Deutsch von Michael Mosblech
detebe 21680

Maigret und sein Neffe
Roman. Deutsch von Ingrid Altrichter
detebe 21684

Maigret und Stan der Killer
Vier Fälle für Maigret. Deutsch von Inge Giese und Eva Schönfeld. detebe 21741

Maigret und das Gespenst
Roman. Deutsch von Barbara Heller
detebe 21760

Maigret in Kur
Roman. Deutsch von Irène Kuhn
detebe 21770

Madame Maigrets Liebhaber
Vier Fälle für Maigret. Deutsch von Ingrid Altrichter, Inge Giese und Josef Winiger
detebe 21791

Maigret und der Clochard
Roman. Deutsch von Josef Winiger
detebe 21801

Maigret und Monsieur Charles
Roman. Deutsch von Renate Heimbucher-Bengs. detebe 21802

Maigret und der Spitzel
Roman. Deutsch von Inge Giese. detebe 21803

Maigret und der einsamste Mann der Welt
Roman. Deutsch von Ursula Vogel
detebe 21804

Maigret und der Messerstecher
Roman. Deutsch von Josef Winiger
detebe 21805

Maigret hat Skrupel
Roman. Deutsch von Ingrid Altrichter
detebe 21806

Maigret in Künstlerkreisen
Roman. Deutsch von Ursula Vogel
detebe 21871

Maigret und der Weinhändler
Roman. Deutsch von Hainer Kober
detebe 21872

● Erzählungen

Der kleine Doktor
Erzählungen. Deutsch von Hansjürgen Wille und Barbara Klau. detebe 21025

Emil und sein Schiff
Erzählungen. Deutsch von Angela von Hagen. detebe 21318

Die schwanzlosen Schweinchen
Erzählungen. Deutsch von Linde Birk
detebe 21284

Exotische Novellen
Deutsch von Annerose Melter. detebe 21285

Meistererzählungen
Deutsch von Wolfram Schäfer u.a.
detebe 21620

Die beiden Alten in Cherbourg
Erzählungen. Deutsch von Inge Giese und Reinhard Tiffert. detebe 21943

● Reportagen

Die Pfeife Kleopatras
Reportagen aus aller Welt. Deutsch von Guy Montag. detebe 21223

Zahltag in einer Bank
Reportagen aus Frankreich. Deutsch von Guy Montag. detebe 21224

● Biographisches

Intime Memoiren und Das Buch von Marie-Jo
Aus dem Französischen von Hans-Joachim Hartstein, Claus Sprick, Guy Montag und Linde Birk. detebe 21216

Stammbaum
Pedigree. Autobiographischer Roman
Deutsch von Hans-Joachim Hartstein
detebe 21217

Simenon auf der Couch
Fünf Ärzte verhören den Autor sieben Stunden lang. Deutsch von Irène Kuhn
Mit einer Bibliographie und Filmographie und 43 Abbildungen. detebe 21658

Außerdem liegen vor:

Stanley G. Eskin
Simenon
Eine Biographie. Mit zahlreichen bisher unveröffentlichten Fotos, Lebenschronik, Bibliographie, ausführlicher Filmographie, Anmerkungen, Namen- und Werkregister. Aus dem Amerikanischen von Michael Mosblech
Leinen

Über Simenon
Zeugnisse und Essays von Patricia Highsmith bis Alfred Andersch. Mit einem Interview, mit Chronik und Bibliographie. Herausgegeben von Claudia Schmölders und Christian Strich. detebe 20499

Das Simenon Lesebuch
Erzählungen, Reportagen, Erinnerungen
Herausgegeben von Daniel Keel
detebe 20500

Jakob Arjouni im Diogenes Verlag

Ein Mann, ein Mord
Ein Kayankaya-Roman. Leinen

Happy birthday, Türke!
Ein Kayankaya-Roman. detebe 21544

Mehr Bier
Ein Kayankaya-Roman. detebe 21545

»Der deutsche Schriftsteller Jakob Arjouni schreibt die besten Großstadtthriller seit Raymond Chandler. Ein großer, fantastischer Schriftsteller, der genau und planvoll und lesbar schreibt. Ja, er ist ein gnadenloser Realist – ein Glück! –, und er ist einer, der sich mühelos über den schnöden Realismus normaler Krimiautoren und Trivialschreiber hinwegsetzt, denn es zählen bei ihm nie allein Indizien, Konflikte und Fakten, sondern vielmehr sein skeptisch heiteres Menschenbild. Ihm ist es gelungen, mit seinem türkischen Privatdetektiv Kayankaya eine literarische Figur zu erschaffen, die man nie mehr vergißt. Die sich einem, wie ein alter Freund, für immer ins Gedächtnis frißt. Eine Gestalt, die es, jawohl, in der deutschen Literatur seit Oskar Matzerath nicht mehr gab. Nein, ich übertreibe nicht. Ich wollte, unsere anderen jungen Autoren würden etwas Vergleichbares schaffen.«
Maxim Biller / Tempo, Hamburg

»Der Spott des Autors und seine Lust an der Satire kennen keine Grenzen. Dieser Türke mit dem deutschen Paß schlägt nach allen Seiten aus und begrüßt seine Nachbarn im Treppenhaus nur noch mit einem fröhlichen Heil Hitler. Er tut es für uns alle. Kemal Kayankaya ist wirklich der richtige Mann zur rechten Zeit.«
Robin Detje / Die Zeit, Hamburg